回想五十年　慶應義塾と私

生田正輝
Ikuta Masaki

慶應義塾大学出版会

まえがき

私が慶應義塾にかかわりを持ってから、実に六十五年の年月が経過した。この半世紀余は誠に変遷の激しい、多難な年月であった。この間において、さまざまな出来事に遭遇したし、多くの人たちとの出会いを持った。

あらためて振り返ると、感慨ひとしおである。この年月は、非常に長いようでもあり、また須臾《しゅゆ》の感がしないわけでもない。この間のことには、余りにも遥かに過ぎ去ったようで、詳細は殆ど思い出せないこともあれば、昨日のことのように鮮烈に脳裏に刻み付けられていることもある。しかし、人の記憶のあやふやさや儚《はかな》さを感じさせられることもしばしばである。

このところ、年をとった故か、昔語りや回顧談を求められる機会が多い。これも年寄の務めかと、書き留めて来た覚書を繙《ひもと》きながら、請われるままに物語ってきた。

そうした際に、「それはこんな状況だった」とか、「実はこんなことがあった」などと話すと、「そんなことがあったのか」、「それは初耳だ。そうだったのか」というような反応が返ってくることがしばしばである。私にとっては当り前だと思われるようなことも、殆ど知られていなかったり、あるいは大変誤解されていることも少なくない。あらためて、世の移ろいと人の記憶の儚いことを思い知らされたことであった。

「ぜひ、そうしたことは記録に留めておいて欲しい」とか、「そのようなことはもっと多くの人たちにも知って貰いたいので、何かの形で発表して欲しい」といった声もたびたび聞かれた。中には、「先生は数少ない語部の一人となってしまったのだから、そうしたことは出版して塾内外に伝える義務がある筈だ」とまで迫る人たちが現れる始末である。

そうした声に押されて、この覚書を敢て出版することとしたわけである。しかし、ここに収録したものは、フォーマルな記録でもなければ、「私の履歴書」といったものでもない。半世紀余にわたって慶應義塾とともに歩んできた過程において、私が時に応じ折に触れて書き留めてきた私の覚書に過ぎない。しかも、その極く一部でしかない。

したがって、元来は刊行するようなものではないが、ここではそのような私の覚書を元として、あるいは書き改めあるいは書き加えたりして整理した。しかしながら、その内容は、できる限り忠実に綴ったつもりである。また、体裁を整える意味において、年代順に配列することにもつとめた。

覚書である限り、私個人の思い出に過ぎないかも知れないが、これが多くの人たちにとって、慶應義塾の来し方を回顧し、慶應義塾を思うよすがともなれば、望外の喜びである。

目　次

回想五十年　慶應義塾と私

1　予科入学の頃

入学と礼法講習

　私が法学部政治学科の予科に入学したのは、昭和十六（一九四一）年四月のことである。第二次大戦が勃発した年であるから、もう半世紀以上も前のことになる。当時のことを思い起せば、遥かに遠い昔のことのように感じられるが、つい昨日のことのように脳裡に蘇ることも少なくない。

　あのユニコンの像が掲げられた三田の大ホールで入学式が行われたのは、四月十二日の午後一時からだった。翌々日の十四日からは数日にわたって、今日でいうガイダンスが、練成週間という名の下に実施された。

　当時の小泉信三塾長や西本辰之助予科主任などからいろいろと訓示がなされたが、それよりも礼法講習ということでいわれたことの方が、奇妙に今でも頭に残っている。アンパン帽といわれた予科独得の丸帽のひだは十三であるとか、学生服のカラーは三ミリでそれ以上を衿から出すようないわゆるハイカラーはいけない、といった類のことである。

毎日のように行われた、藤山一郎さんの歌唱指導も印象に残っている。その年に生れた「新塾歌」（現在の塾歌）をはじめ、「若き血」や「丘の上」などについての唱い方を懇切に教わった。後々まで歌詞の発音に極めて厳格だといわれた藤山さんの面目躍如たるもので、歌詞の読み方や節の区切り方などで非常に厳しく、何度も反復させられたものである。

塾歌の冒頭のところで、「見よ風に鳴る……」と流すのではなく、「見よ」「風に鳴る」と明確に区切って発声せよという。「丘の上」の三番では、「若人《わこうど》」ではなく、「若人《わかびと》」と発音すべきだ、といった調子であった。

四月十八日から日吉で授業が始まったが、私はドイツ語を第二外国語とするG組に編成された。たしか、五十五、六名のクラスであったと思うが、六十余年を経た今でも年に一回はクラス会を開いている。ただ、あの頃は相当落第する者があり、中には通り抜けてしまうような器用な者もいたし、おまけに在学中に大半が出征したことなどもあって、クラス会のメンバーはかつてG組に一度でも席を置いたことのある者、ということになっている。現在生存者は二十数名となり、出席者は多くて十名程度となってしまったことは、淋しい限りである。

当時の講義は大半がクラス単位で、お隣りのH組との合併授業がいくつかあった。教室では座席が指定されており、後の右側からイロハ順で決められていた。教師の出席簿にはそのチャートがあり、出欠は空席をチェックすればよいというわけで、「代返」もなかなか難しかった。

それでも、教師の目を盗んですばやく席を移動するという芸当で、「代返」する奴もいた。また、出欠のチェックが終ったのを見計って、後のドアからそっとエスケープしたのはよかったが、たまたま廊下を見廻っていた軍事教練の教官に見つかり、サーベルで尻をぶたれて舞い戻る、といった剛の者もいた。いたずら半分のことも少なくなかったが、なつかしい思い出の一端である。

入学して最初の学期では、クラス委員は暫定的に学校側の指名で、イロハ順ということだったため、私も指名された。ところが、その後何度選挙をやってみても、手馴れた奴がいいということか、予科修了まで、いや卒業まで私はクラス委員や政治学会の委員を押しつけられる羽目に陥った。

クラス委員にはいろいろな仕事が押しつけられたが、まずその第一の任務は休講をかち取ることで、あの手この手で休講に持って行くことに腐心したものである。蛇の大嫌いな教師であることを知り、蝮谷で「山かがし」という蛇をつかまえてきて教卓に横たえ、それに驚いて教師が逃げ出すように仕向ける、といった奇策を弄したこともある。

軍事教練でも、とくに野外演習などの場合には、やれ引率をして行けとか用具を準備しろとか、とかくこき使われるのが常であった。それればかりか、夜間演習などで、途中でずらかる連中を、教官の目からごまかすようなこともクラス委員には期待されていた。

もう一つのクラス委員の大切な仕事というのは、クラス・メイトの落第を防ぐことであった。最近では留年などという器用な言葉を使っているが、何のことはない要するに落っこちることで、落第は落第である。その頃の予科の成績評価は、「優」というのが無く、「良」、「可」、「不可」、

「大不可」という評点で、「大不可」は不合格であった。誰が考えたか知らないが、父兄宛てに送られてくる成績表に、「大不可」という三文字が、しかも赤で記入されているので、目立つことおびただしい。心当りのある者は、成績表が送られてくる頃には、戦々恐々として郵便受けから目を離せなかった。

ともあれ、友情に厚い仲間たちは、期末試験の前ともなると、「ヤマ」をかけたり、ノートを貸したり、何人かが集って合同で準備をしたりして、「大不可」を防ぐために余念がなかった。語学の試験前夜ともなれば、私の下宿もたちまち合宿所となり、合宿訓練の場と化した。もっとも、一二時頃に寝てしまったものが「良」、夜中の三時過ぎまで頑張った者が「不可」、そうして徹夜までした者が「大不可」を取るといった、笑えぬ悲喜劇をも招いたこともある。

クラス委員の仕事の一つは、落っこちそうなクラス・メイトの救済のために陳情に駆け回ることだった。先生がたの自宅まで夜討ち朝駆けし、さまざまな屁理屈をこねて陳情したものである。その成否はともかくとして、とにかく一生懸命だったことは事実で、今となってはほろ苦い青春の思い出の一頁でもある。

後に立場を変えて、私が教師となり、逆に学生の陳情に悩まされようとは思いもよらなかった。今にして思えば、先生がたに随分ご迷惑をかけたものだとつくづく考える。しかし、身に覚えがあるだけに、学生のいろいろな申し出を聞き、「馬鹿をいうな」といいながらも、内心ではひそかに「同じようなことをやっているな。その気持が判らんでもない」とつぶやくこともしばしばであった。

「塾長訓示」

ある時、同じ頃予科に学んだ連中が数人集った席上で、その頃を思い出して談論風発しているうちに、たまたま話が「塾長訓示」に及んだ。当時の予科の各教室には、小泉信三塾長の「塾長訓示」が掲示されていたのであるが、半世紀を経てなお、その一言一句はともかくとして、学友の大半の者が要旨を記憶しているのには驚いた。

私はその全文を正確に覚えていたので、いささか鼻を高くしたが、それは次のようなものであった。

心志を剛強にし容儀を端正にせよ
師友に対して礼あれ
教室の神聖と校庭の清浄を護れ
途に老幼婦女に遜《ゆず》れ
善を行うに勇なれ

塾長

現在では、訓示などというと、それだけでアレルギーを覚える者もあるだろうし、なにかアナクロニズムを感じて反発するものもあるかも知れない。しかし、今にしてその内容をじっくり考えてみても、なかなかに傾聴すべきものであり、今日においても十分に当てはまるすばらしいものだと思う。

ある学外の著名な文化人が来塾してこれを見て感嘆し、「これは本当にすばらしい言葉だ。今これをいえる人は凄い人だ」ということをいったと聞いた。この「訓示」は、戦後もずっと三田の体育会本部には掲げられていたと記憶しているが、現在はどうなっているか知らない。

不思議なもので、毎日のように無意識にもせよそれに接していたことは、どこか頭の片隅に残っており、時に応じてなんとなく甦ってくるものである。その時の仲間たちも、異口同音にそれをいい、あの「訓示」の趣旨を今こそ深く嚙みしめる必要がある、と主張することしきりであった。

かつて、大学紛争華やかなりし時、三田や日吉の研究室や校舎が荒らされ、ゲバ学生のタテ看板がキャンパスに濫立した時などには、つくづく「教室の神聖と校庭の清浄を護れ」と叫びたくなった。また、電車の中で傍若無人にふるまい、シルバー・シートですら席を譲る気配も見せない若者たちの体たらくに接するごとに、あの頃の塾生の痩我慢がことさら思い出されてならない。

当時の塾生たちの間では、東横線の中などで、どんなに暑くても学生服のボタンをだらしなく外したり、我が物顔に座席にふんぞりかえるような行動を潔しとしないというような風潮が強かった。教室に入ってから、やおら教師から「今日は暑いから第三ボタンまで外してよろしい」、といった声がかかるまで、痩我慢をしていたものである。

もっとも、これにはいささか裏があったことも事実である。学生服は二種類持ち、通常のもののほかに、贅沢といわれた薄い生地の背抜きの夏服もとくにあつらえていたのは、恐らく塾生ぐらいであったかも知れない。スマートでおしゃれだといわれた一端が、こんなところにもうかがえよう。

塾生は、軍事教練のある日でも、家を出る時から学生服にゲートルを巻いて出掛けるようなことはしなかった。雑のうと称した袋に、教練服という上っ張りやゲートルを詰め込んで肩にかけ、学生服のまま登校した。軍部からは非常時なのにけしからんという声も上っていたようであったが、そうした態度を学校側も黙認していたようであるし、塾生も決してそれをくずそうとはしなかった。そこにも塾生の意気がりが感じられたが、同時にそれはささやかな抵抗であったようにも思う。

こうした点にうかがえる塾生の気風が、「慶應ボーイ」といって憧れられたり、皮肉られたりする一因であったのであろう。と同時に、それにはこの「塾長訓示」がなにがしかの影響を与えているように思われてならない。ともあれ、現在の著しい社会道徳の退廃、若者の目に余る品性の欠如を見るにつけ、老境に入った私たちの僻目といえばいえで、しきりにこの「塾長訓示」が思い起されるのである。

せめてもの青春

小泉塾長といえば、すぐに後に初代の防衛大学校長となった、槇智雄学務理事を思い浮べる。というのは、小泉さんの風貌が時のルーズヴェルト・アメリカ大統領に、槇さんのそれがイギリスのチャーチル首相にどこか似ており、二人がそろって日吉に来た時など、塾生の間ではひそかに「米英両巨頭現わる」などといい合うことがあったからである。後年私が防衛大学校を訪れた時に、そのたたずまいが何となく日吉のキャンパスに似ていると感じ、槇さんがなつかしく思い出された。

あの頃の大学予科や旧制高等学校には、学識豊かで風格のある大物教授やユニークな名物教授が少なくなかった。塾の予科も例外ではなく、私たちが教わった中にも、何人か特異な教授が存在していた。

講義の途中で興至れば、教卓の上に正座し、東北なまりで「一時シェン金ニシェン金……」と浄瑠璃をうなり出すのは、国文学の陶山喜六さん。授業もそっちのけで、「君がた、上海本で読んでごらんなさい。本当に面白いですよ」と、中国の猥文学「金瓶梅」だの「紅楼夢」だのを熱心に教えてくれたのは、漢文の高田良助さん。戦時色が強まり、いろいろと統制が加わる中でも、こうした名(?)講義を楽しみ、ひそかに学生生活を享受しようとしたのも束の間であった。

日一日と世相は厳しさを加え、私たちの学生生活もまるで真綿で首を締められるかのように、次第に窮屈になってきた。夏休みが終り、九月十一日から第二学期が始まったが、早速十五日には報国隊なるものの結成式が行われた。われわれG組は、その第二大隊、第八中隊ということになった。二十一日には、赤羽の陸軍兵器廠へ勤労奉仕に駆り出され、十月十六日から二十日までは軽井沢で野外演習が行われる、といった具合である。

すでに七月には日本軍が南部仏印（現、ベトナム南部）に進駐していたのであるが、十二月八日には、ついにアメリカ、イギリスなどとの全面的な戦争に突入した。近衛内閣による日米交渉も進展をみず、近衛内閣が総辞職し、東条内閣が成立するに至って、事態は決定的に悪化した。もはや、勉学などとは程遠い状況となってしまった。

ダンスホールは閉鎖されるし、盛り場に行くこともままならぬ状態となる。事実、文部省から通達が出たということで、午後三時以前に盛り場をうろついているような学生は、学校をさぼったものと見做すという事態となった。まして、アベックで盛り場などを歩いていようものなら、すぐに「オイ！　コラッ！」と警官から誰何《すいか》を受ける始末であった。

学生のさまざまな活動も厳しく制限され、野球の六大学野球リーグ戦も一試合に削られてしまった。強化されるのは勤労奉仕や軍事教練ばかりであった。

それでも、学生たちはそうした間隙をぬって、それなりに学生生活をエンジョイし、せめてもの青春を豊かなものにしようと懸命に試みていた。私も何とか暇をみつけて喫茶店で語り合ったり、ひそかに麻雀や四つ玉のビリヤードなどでわずかに憂さを晴らしたものである。あのドウリットルによる東京初空襲の時も、たまたま友人と渋谷の百軒店《ひゃっけんだな》にしけ込んで、玉突きに興じていた次第で、後にそのことを知りさすがに驚いた。

こんなことをいえば、あるいは不真面目だとか、不謹慎だという誇りを免れないであろう。しかしながら、あの暗澹とした追いつめられた雰囲気の中で、なお懸命になってせめてもの青春を追い求めている若者の姿の一端であったとすれば、誠にほほえましく思い起される。むしろ、けなげであったとすら感ずるわけである。

私のように幸いにして生還できた者はともかく、こうしたほんの僅かな学生生活だけを経験し、せめてもの束の間のささやかな青春を享受しただけで、若くして戦陣に散った多くの塾生、クラス・メイト達のことを思い起せば、心が痛む。

軍事教練あれこれ

人間というものは面白いもので、悲しかったことや辛かったことは速く忘れてしまい、嬉しかったことや楽しかったことの記憶だけを長く残すようである。考えてみれば、こうした忘却のメカニズムで人は生きて行けるのかも知れない。

予科時代を顧みれば、どうしても軍事教練に触れざるを得ないが、軍事教練の経験は決して愉快なものではない。しかし、軍事教練にもそれなりの一面があり、いろいろなエピソードを思い出してみると、ある種の楽しさや懐しさを覚えることも否めない。それも、当時の塾での軍事教練は独得のものであったためかも知れない。

というのは、私たちのやっていた軍事教練は誠にのんびりしたもので、以前の私の旧制中学時代の訓練よりもかなり楽なものであった、といえるからだ。例えば、私たちが習志野の演習場などで野外演習を行う場合など、あのずっしりと重い三八式歩兵銃などは、あらかじめ塾僕がトラックで運んでくれた。だから私たちは手ぶらで集合すればよかった。空砲射撃を行った後の汚れた銃の手入れなども、もっぱら塾僕の仕事であった。一事が万事で、まるで大名のような教練であった、といえないこともない。

もっとも、先輩たちに聞いたところでは、一昔前の教練はもっと驚くべきものだったようである。三田の山の上での教練で、教官が「伏せ」と命令してもなかなか伏せない。学生服などのままで教練をやっているためで、洋服が汚れるのをいやがり、待機している塾僕がゴザをさっと敷くのを待って、やおら伏せたという。

また、当時の本科生は夏場にはカンカン帽を被っている者が多かったそうだが、そのまま教練をやったので、風でも吹けば大変である。風に吹き飛ばされた自分のカンカン帽の行辺の方が気になり、教練どころの騒ぎではなくなってしまう。このような話の真疑のほどは定かではなく、伝説のような気がしないではない。しかし、何か当時の塾における軍事教練の一面の様相を伝えているようであり、軍事教練に対するレジスタンスのようなものを感ずることも否定できない。

ところで、塾僕という今の人には聞き馴れない言葉を持ち出したが、これは塾生、塾員などと同様に慶應義塾での独得の表現であり、私たちには頗る懐しい言葉なのである。今でいう用務員のことであるが、塾僕というのは決して軽蔑した言葉ではない。私たちは、非常な親愛の情をこめて「塾僕さん」と呼んでいたもので、用務員などという冷い言葉よりも遥かにすばらしい呼び名だと思っているが、いつの間にか消えてしまった。

話を戻すが、習志野での野外演習で、こんなとんでもない出来事があったことを思い出す。これは神話でもなければ伝説でもなく、私が現実に経験したことである。

たまたま、その時には何かの都合で塾僕が来られなくなり、習志野からの帰途は、各自が一挺ずつ鉄砲を持って日吉まで帰れということになった。一週間ほどの演習を終えた後のこととて、久しぶりに娑婆の空気に触れたいというわけで、途中喫茶店などに立ち寄る者も多かった。それはいいとして、日吉に帰りつくまで上野の喫茶店に銃を忘れてきたことに気がつかない豪傑がいたのには、いささか驚かざるを得なかった。さすがの教官も口あんぐりといったところであった。

また、私がたまたま小隊長を命じられていた時のことで、夜間演習の帰りに引率して帰隊したところ、いつの間にか何人かがエスケイプして行方不明。教官にこっぴどく叱られて捜索に出掛けて、近所の民家に上りこんで御馳走にありついている連中を発見した。ところが、捜しに行った連中が、またぞろそれに合流して御馳走になり、ミイラ取りがミイラになる始末となった。

　こうしたことはしばしばであり、一見非常にだらしがないように思われるが、あの頃の塾にあった何か大らかな雰囲気が関係しているともいえよう。塾生たちの行動も決して悪気があってのものではなく、むしろふざけ半分のものであった。教官や学校側にも、このような塾生の羽目をはずした行動を大目に見よう、とする空気があったように思う。

　そのためか、軍部の評価では、塾は軍事教練などには消極的で、全般的に軟弱である、とされていたようである。それ故に、塾にはとくに厳格な配属将校を送り込んでいたということであるが、彼らもいつの間にか塾の気風に同化され、物分りのよい存在となる傾向が強かった。

　こうしたささやかな私たちの青春も断ち切られ、私の第一次塾生生活も終りを告げる日が訪れた。学生たちの徴兵延期の制度が撤廃され、いわゆる学徒動員という事態となり、私たちの運命が決定的に変えられることになったのは、昭和十八年のことである。私自身もその一員として動員され、二年間ほどの軍隊生活を余儀なくされた。満州（現、中国東北部）にまで出征しながら、生きて再び三田の山に立つことができたのは、無上の幸運である。

　ともあれ、このような次第で予科時代に軍事教練に余り打ち込まなかった報いで、陸軍に入隊してからさんざん苦労したことも事実である。

2　学徒動員

出征前夜

勇ましい大本営発表や陸海軍の華々しい戦果発表にもかかわらず、何か雲行きが怪しく、戦況が次第に悪化していることが膚で感じられるようになってきた。昭和十六年十二月八日の開戦によって、重苦しい閉塞感が打ち破られ、ある種の光明が射したような感がしたことは、その時の偽らざる感興であった。それも束の間で、この頃ともなれば、情勢がとみに悪化していることが何となく察知されるようになった。とくに、昭和十八年に入ってからはその感が強く、容易ならぬ事態が切迫しているように思われた。

それでも、まだのん気なもので、私自身もその年に召集され出征するなんてことは、夢にも考えていなかった。それだけにいざ召集される段階に至っては、いささか慌てざるを得なかった。外見ではやけに落着いているように見えたかも知れないが、心の準備もできておらず、なかなか実感が湧いてこない、というのが正直なところであった。

現実に事態はどんどん進展し、昭和十八年に入って、突然大学予科や旧制高校の修業年限が三年から二年半に半年短縮された。そのために、私たちも九月末で予科を打ち切り、十月一日から三田の本科に進学することとなった。しかも、追い討ちをかけるように、理工系以外の学生の徴兵猶予の制度の廃止が決定された。

九月二十一日の閣議で、「現情勢下に於ける国政運営要綱」なるものが決定されたわけであるが、その中に「国内態勢強化方策」というのが含まれていた。これが学徒出陣の根拠となったのであり、理工系を除く学生の徴兵猶予の措置の撤廃が、十月一日付勅令「在学徴集延期特例」として裁可され、翌二日に公布されるに至った。

これの事前の手続きである、九月二十五日の閣議に際しての陸軍大臣請議書には、「時局ノ要請特ニ軍ノ幹部補充上ノ必要ニ因ル」と、その意図が明示されている。要するに、軍の幹部、とくに消耗の激しい下級士官を補充することが急がれていたことが明らかなのである。

何はともあれ、こうなると先ず徴兵検査を受けなければならないことになり、私も急遽帰郷して検査を受けた。元来、余り頑強ではなく体格や体力には自信がなかったので、予想しないわけではなかったが、結果は「第三乙種合格」であった。その頃の状況の下では余り威張れたものではないが、第三乙も合格は合格である。しかし、内心ではすぐには出征しなくてもよいのではないか、といささか高を括っていたのである。塾に戻って配属将校に報告した時にも、「何だ第三乙か。すぐに来ないかも知れないが、気長に召集を待っていろ」といった反応が帰ってきたのも事実だった。

徴兵検査の結果は、甲種、第一乙種、第二乙種、第三乙種、丙種及び丁種というランキングに分けられ、丙種以上は合格で、一応は徴兵される可能性はあった。丁種だけが不合格で、兵役免除となった。平時ならば、甲種合格者のしかも一部だけが徴兵される程度で、およそ第三乙種などというのはお呼びではない。戦時になって徴兵の範囲はどんどん拡大していったわけであるが、その頃でも第三乙種といえば下から二番目であり、それだけにのん気に構えていた。

ところが、現実の事態はそれほど甘いものではなかった。十一月もあと一週間を残すのみという頃に、「『赤紙』（召集令状は淡い赤色だったのでこう呼んだ）が来た。十二月一日に鳥取の連隊に入隊せよということだから、すぐ帰郷せよ」という連絡が田舎の父から入った。高を括っており、心の準備などは全く整っておらず、さすがにこれには参った。それからは、全くのどたばた騒ぎでしかなかった。

やれ送別会だやれ激励会だと、友人や後輩たちとの飲み食いが最優先であって、身辺整理もままならない始末である。気がついて見れば所持金も使い果たしてしまって帰郷する旅費もない。仕方なく伯父に借金して、急場をしのぐ体たらくである。それも出征するのだから、特急「つばめ号」の二等車を奮発しろなどというような、罰当りな振舞いで、今から顧みて全く汗顔のいたりである。

出征する学生たちは、日の丸の旗を肩からたすき掛けにしていろいろな会合に出かけたものだが、私もそんな姿で街を闊歩していた。日頃のうっぷんを晴らすかのように、そんな格好で渋谷の交番の前で列を組んで放尿したこともあった。さすがの警官も何もいわずに、見て見ぬふりをしていた。そうした児戯に類するような行為を繰り返した後、最後に送りにきた後輩たちの騎馬に乗せられて、東京駅の改札口を突破するといったことで東京を後にした。かろうじて故郷にたどりついたのが、たしか入隊の三、四日前であったと思う。

「立つ鳥後を濁さず」というが、私はむしろ濁しっぱなしで離京した。下宿の整理などはすべて、伯父や親戚の者にまかせ切りで、あわただしく出発した。後にいわれたことであるが、「余りにきちっと身辺整理をして出征した者は、どうも生還しないきらいがある。君のように、いいかげんにほっぽらかして出て行った方がよかったのかも知れない」と。

故郷での大騒ぎ

年に二、三度は帰省したものの、久方ぶりで田舎に帰りついてほっとしたところで、いきなり親父から大目玉をくらった。今にして思えば、それも当然のことで、「親の心子知らず」であったと慙愧の念に耐えない。

当時、田舎には田舎なりに、出征兵士を送る数々の行事が予定されていた。日の丸の旗をかざして、氏神の社に行列を組んで詣で、武運長久を祈るのもしきたりの一つであった。集落や町の壮行会に出席し、勇ましく出征の決意を述べることも求められた。いささか面映ゆいことの連続であったが、旧家の長男としては致し方ない仕儀であった。

当時、親父は地主であり、地方のいろいろな役職に就いており、とくに陸軍中尉で在郷軍人分会長を務めていた。「万歳部隊長」ともいわれ、出征軍人を送る壮行会や駅頭で「万歳」の音頭をとるのが大きな役割の一つであった。そうした立場の父の面目を潰しかねない私の所業だったわけで、親父が怒ったのも無理からぬことである。

しかし、それよりも親父が怒りを爆発させたのは他でもなく、出征する息子の前途を思いめぐらせ、あれもこれもしてやりたいと準備していた両親の心情を、若気の至りとはいえ、踏みにじってしまったからであろう。たしかに、その頃は私自身異常な興奮状態にあったことは否めず、軍隊に入隊して落ち着きを取り戻してから、そのことをしみじみと感じた。

本当に両親や故郷との別離を実感したのは、さらに後のことであった。鳥取の連隊での第一期の初年兵訓練を終り、甲種幹部候補生試験に合格し、いよいよ満州の延吉の陸軍予備士官学校に入校することとなった。昭和十九年三月、出発に先立って一日だけ帰省することが許された。その際もどこに行くかなどは軍の機密で、両親といえども洩らしてはならないということであった。私も何も触れなかったが、両親も何かを察しながら敢て聞かなかった。しかし、両親の心情は痛いほど思われた。

すべてがこんな調子で、入隊まではどたばた騒ぎで明けくれ、両親ともじっくり話すこともないまま入隊の前日を迎え、両親と共に鳥取に向った。私の故郷は丹波であるから、本来ならば篠山連隊に入隊する筈である。ところが、学徒兵はある程度まとめて訓練するということで、われわれ兵庫県出身の者も鳥取連隊に入隊することになった。

あらためてあの頃を振り返ってみるに、さまざまなことを思い出すが、今となっては必ずしも定かでないことも少なくない。よく学徒出陣の時の心境はどんなものだったか、と尋ねられることがある。しかし、思い返してみても、それほどはっきりせず、何か漠然とした記憶が残っているだけである。

お国のために滅私奉公する覚悟であり、もとより生還を期してはいない、といったほど突き詰めたものでもなければ、破れかぶれでどうにでもなれというほどに刹那的なものでもなかったように思う。案外に淡々としたもので、余り深刻に思い悩むこともなかったように思われてならない。若者にありがちなのん気さの故か、あるいは本来楽天的な私の気質によるものかも知れない。むしろ、人生を考え、時に将来について思い悩むようになったのは、軍隊生活に馴れてからで、予備士官学校を卒業して、東安の関東軍野戦兵器廠に赴任して、第一線の勤務に着いてからのことだった。ソ連（現、ロシア）との国境で、黒龍江を隔ててソ連軍のトーチカを偵察したり、匪賊とはいえ、部下を率いて討伐に行かなければならないような状況に直面しては、真剣に生死を考えるようになるのは当然である。しかし、自分自身のこともさることながら、それよりも部下たちのことを思い煩う傾向が強かったことは、不思議である。

弱冠二十一歳で、部下百名ほどを連れて闘わなければならなかった見習士官の姿は、颯爽としていたかも知れない。しかし、内心は千々に乱れていたことは疑いなく、痩せ我慢を張っていたことも事実であろう。それも慶應義塾における教育の故かも知れないが、その健気さは誉めてやりたいと思う。

ともあれ、私が初年兵時代から、復員するまでの軍隊時代を通じて、わら布団にまで隠してひそかに持ち歩いていた、書物が二冊ある。それは福澤諭吉の『福翁自伝』と、佐藤春夫の『殉情詩集』であったといえば、人は果たして何を感じるであろうか。

「最後の慶早戦」

話は前後するが、われわれが三田に進学してから、十二月に学徒出陣をするまでの二ヵ月は、まことにめまぐるしいものであった。たしかに、短いものであったし、異常な期間ではあったが、ある意味では、非常に充実したものであったともいえる。

人の心理というものは誠に微妙なもので、いざ奪われるとなると、それにことさら執着する。残された学生生活があと二ヵ月ともなると、多くの塾生がまるで何かに追い立てられるような気持で、連日のように三田の山に通い続けた。熱病に浮かされでもしたように、教室を経巡り多くの講義に出席し、書物をむさぼるように読んでいた。

できる限り先生がたや友人たちと過したいと思い、何か切なく去り難いような心境に見舞われた。こうした異常ともいえる体験は、不思議な充実感をもたらしてくれると同時に、慶應義塾というものを、一層深く私の心に滲み込ませたように思われた。こうした感慨を抱いたのはどうも私だけではなく、後に生還し復学した学友の多くが異口同音に語ったことである。

このような思いを抱いて出陣した仲間たちの中にも、不幸にして戦陣に倒れてついに還ってこなかった者も少なくない。無事帰還したものの、戦後の困難な事情に阻まれて、再び三田山上には現れなかった者もある。これらの学友たちのことを思えば、あらためて胸が痛む。三田山上に設けられた、「還らざる学友の碑」を見るにつけ、当時のことがしきりに思い起される。

同期の「昭和二十二年三田会」は、毎年二月と九月に懇親会を開いている。かつての予科の政治G組のクラス会も、毎年開催している。しかし、年を追って参加者が減少するのは止むを得ないとはいえ、淋しさを覚える。こうした会合の都度、あの二ヵ月の三田での生活や還らなかったクラス・メイトたちのことが話題に上り、思い出を新たにする。

戦後五十年余を経て、このところしばしば学徒動員のことがマスコミに取り上げられ、機会あるごとに、あの出陣学徒による雨中の分列行進などの特別番組が組まれることがある。私はなぜかはっきりは覚えていないが、若干レジストする気味もあって、あの分列行進には参加しなかった。しかし、放映されるあの映像に接するごとに、深い感慨をもよおさざるを得ない。

しかしながら、それよりもなお強く私に印象を残しているのは、「最後の慶早戦」である。出陣学徒壮行早慶野球試合ということで、昭和十八年十月十六日に、早稲田の戸塚球場で挙行された。これには、何をおいてもということで、仲間と共に駆けつけた。試合の経過はともかくとして、試合終了後に両校の学生たちが、こぞって涙を流しながら「海征かば」を唱った光景は、私の忘れようとしても忘れることのできない青春の一頁である。あそこで声を合わせて唱っていた学生たちの中に、ついに再び還ることのなかった多くの者が含まれていることを思う時、何とも切ない思いがこみあげてくるし、人生の無情をあらためて痛感する。

終戦後復員してからのことであるが、あの慶早戦は軍部などの反対の意向や早稲田側の消極的な態度を押し切って、小泉塾長が大変な苦労の末に、実現に漕ぎ着けたのだ、ということを聞いて、あらためて感激した。

時によって、送られる者より送る者の心境の方が遥かに辛いものがある、といわれる。戸塚球場のスタンドに立って、涙ながらに「海征かば」を唱う学生たちを送った、小泉さんの心境は果たしてどのようなものであったろうか。私が出征する前夜、酒に半ば酔いしれながら必死に涙をこらえていた親父の姿と重ね合わせて、思い半ばにすぎるものがある。

ともあれ、あの僅か二ヵ月のことは、思い出しても際限がない。数々の出来事やエピソードに彩られた二ヵ月であった。しかし、私の人生において、もっとも充実した、もっとも意義深い時期であった、といっても決して過言ではない。

「死ぬな」といった人たち

母が一人住いしていた田舎の生家も、平成二年の十一月に母が他界してからは、無住となり次第に荒れるにまかせざるを得なかった。しかし、先祖伝来の由緒ある家で、建築以来百二十年余も経過しても、欅の大黒柱や巨大な梁は少しも揺がず、風格を保っていた。維持を望む声もあり、私も無下に取り壊すことをためらっていた。平成十一年に至って、田舎の町長から「子育て援助センター」なるものの用地として譲渡するように要請され、ついに処分することを決意した。

その際、家財、道具を整理するのに、何日もかかった。恐らく三十年以上も昇ったことのない土蔵の二階で、長年放置されていた長持の列を開けて、一つ一つチェックして、いろいろなものを発見した。その中に思いもよらぬものが混っていた。

私と海軍予備学生だった次弟と海軍兵学校の生徒であった末弟の軍服、軍帽、軍刀などと共に、「千人針」と寄せ書きがされた「日の丸」の国旗が現れた。これらは、いずれもその頃、出征軍人の無事を祈って贈られたものであり、沢山の人たちの願いが込められていた。私の日章旗には、「生田正輝君　祈武運長久　小泉信三」という小泉さんの揮毫と、日本画家であった伯父による桜の絵が、なお鮮かだった。一瞬それを見て呆然としたが、往時を思い返して感慨にふけるのみで、暫く長持の整理は捗らなかった。

小泉さんは、日の丸を持って出征の挨拶に塾長室を訪れる塾生に、一人一人激励しながら「祈武運長久」を揮毫していた。私が挨拶にうかがった時、揮毫が終ってからふと顔を上げて、私を見つめながら、「君も征くのか……、死ぬなよ」とつぶやくようにいわれた。私は多少個人的に小泉さんに接していた故でもあろうが、今でもあの言葉と淋しそうな顔とは、私の脳裡にこびりついている。

後になって、令息小泉信吉さんが戦死されたことを知り、あの言葉を噛みしめ、何ともいえぬ思いに駆られた。小泉さんの『海軍主計大尉小泉信吉』という著書を読んだ時は、ただ涙あるのみで、なかなか読み終えることもできなかった。

板倉卓造先生のことも忘れられない。板倉さんの政治学は、戦前三田に進学してから、十月、十一月の二カ月聴講した。講義は板倉さんの編集による *Readings In Political Science* という原書によって行われたが、何しろ速くて、よほどしっかり予習をしておかねば、一体どこをやっているのか判らないような始末で、最初は非常にとまどった。

板倉さんの政治学は、昭和二十一年に復学した後にも聴講したので、戦前戦後と都合二度にわたって聞いたことになる。戦後の講義は板倉さんの最後の講義であったことも、印象深く記憶している。

板倉さんは厳格で、大変おっかない先生ということで、なかなか近寄り難いようなところもあった。出征に際しても、実は恐る恐る挨拶に参上したが、いろいろと機嫌よく話された後で、例の皮肉っぽい調子で、「そうか……、意気がって犬死なんかするんじゃないよ」と一言。これまた、私には強烈な衝撃であった。

当時の雰囲気は、親父ですら「死ぬな」なんてことを口に出すことはできなくて、心ならずも「お国のために死んでこい」といわざるを得ないような状況であった。そんな時に、ひそかにではあれ、「死ぬな」などということは大変なことである。それを平然という人がいたということ、しかも、その二人が私の畏敬する先生であったということは、何か慶應義塾の偉大な一面を物語っているような感がして、今も忘れることができない。

そのために、私が無事生還できたということでもなかろうが、戦陣にあって折り折りにこのことを思い出したのは事実である。出征前の学生時代には、想像もしなかったような軍隊生活の中で、こうしたことが私の心の大きな支えとなったことだけは疑いない。

3　軍隊という世界

初年兵の頃

軍隊生活について語り出せばきりがない。ゼミの学生諸君にそれを聞かれて、得々とまくし立てていて、われながらあきれかえって自己嫌悪に陥ることもしばしばである。とくに、辛かったことや悲しかったことはさっさと忘却して、面白かったことや楽しかったことをいつまでも記憶しているのは、前に述べたように、人間の業であり、その伝で軍隊のことも語りがちである。

三田の山に復学してからのある日、軍隊経験のあるわれわれが得意になって軍隊生活の思い出を話し合っていたところ、軍隊には行かなかった一人の友人が割って入ってきた。「オイ、軍隊というところはそんなにいい、面白いところか」というわけである。これには皆んなシュンとなり、参いってしまった。考えてみれば、軍隊は決して楽しいところでもなければ、愉快なところでもない。辛いことも、いやなことも数々ある。それにおよそ娑婆では通用しないような論理や行為が、平然と横行している社会であった。

そんなわけで、いま余り多くのことを軍隊について語るつもりはないし、むしろ語りたくはない。しかし、私の人生を顧みれば、この二年間の軍隊生活が極めて大きなインパクトを与えたことだけは、どうしても否定できない。その意味で、とくに印象に残っているいくつかのエピソードを拾って、この覚書に加えておきたい。

前にも触れたように、学徒兵は一まとめにして訓練するということで、私たち兵庫県出身の学徒兵も、鳥取の歩兵連隊に入隊させられた。ここで受けた初年兵訓練は、何とも凄まじいもので、その厳しさは聞きしにまさるものだった。軍隊への入口で激しい洗礼を受けて、私は自信を喪失してしまった。余り体力に自信がないうえに、予科時代に軍事教練を怠けてきたこともあって、この調子では今後満足に軍隊生活が過せるだろうか、甚だ心もとない思いにかられた。

かてて加えて、山陰鳥取の名物は雪と砂であり、この二つが私の初年兵生活をいやが上にも厳しいものにした。私が入隊した十二月からの三カ月は雪のもっとも多い時期で、初年兵教育は殆ど雪の中で行われたわけである。ガチガチに凍りついた雪の上での匍匐訓練では、手の甲などに切り傷ができることも当り前で、その痛さは寒さよりもこたえた。

あの有名な「鳥取砂丘」は、当時は軍の演習場であった。砂丘での演習は、正しく「三歩前進二歩後退」で、疲れること夥しい。また、演習後の銃の手入れが難物で、銃身や遊底の中まで入り込んだ小粒の砂はなかなか取れず、どれほど泣かされたことであろうか。

もう二度と行くものか、とひそかに決め込んでいた「鳥取砂丘」に、一昨年本当に久しぶりに家内と訪れた。六十年余を経過して、すっかり観光地と化して昔の面影は薄らいでいたが、砂丘を歩いてみれば、その感触はかつてと少しも変らず、懐しさを覚えざるを得なかった。砂丘の風紋も昔と同様で、美しい文様を描いていた。

厳しい初年兵時代にも、人の情に触れてほろりと涙を流すようなこともあった。馴れない銃の手入れなどでもたついているのを見て、口では激しく罵声を浴びせながら、そっと手を借してくれる上等兵もいた。腹が減ってどうにも眠れず、夜中に輾転反側している時に、「音を立てずに食え」といって、毛布の中にアンパンを抛り込んでくれた兵長もいた。正に地獄に仏であり、旧陸軍にも鬼ばかりがいたわけではない。

こうして無我夢中で過した初年兵教育の期間が終りに近づいた頃、次の課題が待っていた。それは幹部候補生の試験であったが、およそ私には自信がなかった。しかし、もともと軍の下級将校を補充することが主目的であったのだから、とても辞退することが許されるような雰囲気ではなく、半ば強制的で受験せざるを得なかった。

実は、もともと自信がなかった上に、その試験で思い返してみてもとんでもないことを仕出かしたので、ますます自信を喪失してしまった。試験の結果で甲種幹部候補生、乙種幹部候補生、それに不合格とに振り分けられるわけであるが、私は恐らく不合格で、よくても下士官要員の乙種候補生であろうと考えていた。ところが、蓋を開けてみると、甲種幹部候補生に合格していたので、またしてもびっくりした。

面接試験の際に、例の「軍人勅諭」の「礼儀の項」であったかをいえといわれて閉口した。当時あの長い「軍人勅諭」のすべてを暗記しているのは、当然のこととされていた。しかし、まともに暗記していなかった私は、冷汗をかきながら、かろうじて覚えていた「忠節の項」を、質問が聴こえなかったふりをして暗誦し、何とかその場をしのいだのであった。

それはよかったのだが、後がいけなかった。若い少尉の試験官だったと思うが、不機嫌そうな顔をしていきなり「貴様は慶應ボーイか」ときた。それに対して「そうです」と応えたところ、さらに「貴様はそれを肯定するのか」という。止せばいいのに、全く若気の至りであるが、いささかむっとして「慶應ボーイ」論争を展開してしまった。要するに、貴方がたは「慶應ボーイ」というのは、やたら軽佻浮薄なやからという風に把えているかも知れないが、実際は全く違うのであって、そうした先入観はけしからん、ということを論じ立てた。

それで試験は不首尾だと観念していた。あの試験官がそれほど物わかりのいい人とも思われなかったし、軍隊生活に馴れるにしたがって、私のとった態度は、娑婆とは全く異った論理が支配する軍隊という社会では、度はずれたものであったに違いないと思わせられたからである。結果は推して知るべしと思っていたが、意外な結果で甲種幹部候補生に合格となった。下級将校は消耗品といわれていたが、よほど不足していたのであろう。

同期に鳥取連隊に入隊したわれわれ学徒兵で、甲種幹部候補生に合格した者は、その後二分されて二つの予備士官学校に入学することになった。半分は内地の豊橋の予備士官学校で、残りは関東軍の延吉の予備士官学校であった。満州組となった私は、いささか貧乏くじを引いたなと感じた。しかし、後になって、豊橋に入学した連中は急遽フィリピン戦線に投入され、しかもその多くが輸送船が撃沈されたため中途で戦没した、と聞かされた。人間の運命というものをつくづく感じたことであった。

いよいよ満州に渡るということになって、当時の戦況などからして、恐らくもう生きて二度と内地の土を踏むことはなかろう、とさすがに覚悟せざるを得なかった。船による別離はもともと感傷的なものではあるが、山口県の仙崎港から乗船した輸送船が次第に岩壁を離れ、海岸の松の緑が徐々に遠ざかって行く時には、あの「暁に祈る」という軍歌が実感された。いくらのんきな私でも、二十歳の多感な青年のことであれば、しきりに涙が流れるのをどうすることもできなかった。

延吉の関東軍予備士官学校

釜山に上陸し、貨物列車に乗せられて、厳寒の朝鮮半島の日本海側を北上し、鴨緑江を渡って、当時の満州国間島省延吉に到着したのは、たしか三月の末であったと思う。入学したのは関東軍第六〇四部隊で、正規には延吉陸軍予備士官学校で、私は第二中隊、第四区隊に編成された。

名にし負う関東軍のことで、その訓練の厳しさは定評があり、充分覚悟していたつもりであったが、現実の予備士官学校での教育訓練の激しさは想像を絶するものであった。今振り返ってみても、よくもあれに耐えられたものだ、としみじみ思う。

教官たちは、事あるごとに「そんなことでは野戦では死ぬぞ……。敵はもっと手強いぞ……」といい続ける。「満目百里雪白く……」と軍歌に詠まれたような満州の荒野を目の当りにしては、そうした教官の叱咤激励も妙に現実味を帯びている。たしかに、こうした状況の下で野戦の最中に部隊から落伍でもしようものなら、ただちに死につながることは必定であることも領けた。

こうなっては、さすがの私も四の五のいってはおられなく、頑張るしかない。訓練の最中に私は二度ばかり人事不省に陥ったことがあったが、その際「もう駄目か、もう駄目か」と思いながらも人間はなかなか倒れないものだ、ということを体験した。どうやら、こんな状況に耐えて卒業することができたわけである。

最後の卒業演習の時に、大隊長も区隊長も口をそろえていった。「野戦でどんな厳しい状況に遭遇しても、あの卒業演習に比べればまだまだ楽なものだ」といわせてやるから覚悟しろと。たとえば、三日三晩ほとんど睡眠をとらないで攻撃したかと思えば、同じところをやはり三日三晩にわたって退却する。肉体的にも心理的にも、もう極限状況に達してしまう。

かてて加えて、満州ではもう一つ大変な難敵が控えていた。それは連日マイナス三十度を超える寒気である。うっかりしていると凍傷にかかり、指はおろか片脚切断というような事態を招きかねない。自ら体験しておかないと部下への対応が疎かになるということで、軍医立合いの下に凍傷実験も行われた。それはマイナス三十度以上の営庭で、水に両手をつけ風にさらして、指が凍るまでを見るという実験である。すぐにペチカなどで暖めるようなことをすれば、細胞が壊れて火傷と同様の状況となり指を切断しなければならなくなる。両手をこすり合せて摩擦熱によって徐々に回復させねばならないということであるが、その時の痛さときたら筆舌に尽しがたいものだった。

たしかに、こうした予備士官学校での苛酷な教育訓練、予想もしなかった厳しい軍隊生活を経験して、私のひ弱だった体質の改善が進んだように思われる。それにつれて精神的にも逞しく変身したようである。とくに、こうした一種の極限状態をくぐりぬけることによって大きな自信を得たことは間違いない。決してこのような軍隊のあり方を讃美するつもりはないが、私にとってはこのような軍隊生活が、人生の一大転機となり、人生観を大きく変えたことは明らかである。

昭和十九年十一月十五日に延吉陸軍予備士官学校を卒業した私は、すぐに士官勤務見習士官として、満州第二六三四部隊、東安の陸軍野戦兵器廠に赴任を命じられた。その時の第四区隊の卒業生は四十一名であった。平成元年に得た情報によれば、確実に生存し現況が明らかな者は、私を含めて僅かに五名に過ぎなかった。明らかに戦死または死亡した者が九名で、残りは現況が不明ということだった。卒業後の状況がどれほど厳しいものであったかを、如実に物語っていると同時に、私がいかに幸運に恵まれていたかが知られるのである。

卒業といえば、私の手許に、「関東軍第六〇四部隊、第二中隊、第四区隊候補生、卒業に際しての感想文集」なるもののコピーが残っている。あの戦火をくぐって誰がどのようにして持ち帰ったかは定かでないが、平成元年になってから、九州の戦友から東京在住の戦友を通じて届けられたものである。その時、予備士官学校時代の私たちの数葉の写真も副えられており、感慨ひとしおであった。

その当時の仲間たちは、その文集に皆んな威勢のいいことやいさぎよい覚悟のほどなどを披瀝しているのに、私のものだけは文学青年もどきの叙情的な一文であり、今読み返してみて、苦笑せざるを得ない。

神秘的な感じさへする極光の様な夕空を背に、美しい編隊を組んだかりがねが飛び去って行く。やがてあたりは黄昏に包まれて、家路を急ぐ馬車の轍の響も聞えて来る……。

絶え間なくザクリザクリと円匙の音がする。土を掘返す仕事は、消燈ラッパが響いてきても続けられる……。

ボソボソと低い濁音に交つて、溜息さへする。煙草の火が闇間の中に点々と浮動する、僅かな休憩の一とき。

又ひとしきり土を掘る……。十二時、作業を終へて帰り、飛び込む蒲団のうれしさ。つかれた身でまたたく間に眠る……。

非常呼集……。未だ明けやらぬ空に、円匙を肩に営門を出て、再び土を掘る。茜色に東雲の染る頃、おびただしい鳥の群がうるさく頭上を飛び交ふ間もなく、さわやかな秋の日の明け渡る頃やうやく作業を終へる。

朝日に輝く高粱の穂波がとても美しく見える。……点呼……。こんな日が幾日か続いた後、部隊の周囲には戦車壕がほとんど完成してゐた。（原文のまま）

軍隊に入ってからも、何人かの塾員、塾生に出会い、親しく語り合った。その一人で忘れられないのが阪井盛一君のことである。彼は大学では先輩であったが、学徒動員では同時に鳥取に入隊した。彼は塾の野球部の選手で、最初は知らなかったが、さすがに元気がよく勇ましかった。中隊は異っていたが、後に何かの機会に知り合い親しくなった。教官に「同じ慶應なのにどうしてこうも違うのか」と皮肉られ、「君のお陰で割りを食った」などと、妙ないちゃもんをつけたこともある。

予備士官学校も一緒だったが、卒業後所属部隊は別々となって音信は絶えた。阪井君は戦後シベリヤに抑留され、何年か遅れて復員したが、野球部の監督となって活躍した。再会を喜び合ったが、彼とは不思議に馬が合った、正しく戦友であった。

初めての戦闘

予備士官学校を終えて、最初に赴任したのは、満州とソ連との国境に近く、牡丹江より遥か北の東安にある満州第二六三四部隊であった。この部隊は野戦兵器廠で、見習士官として五カ月ほど勤務したのであるが、この短い期間にも実にさまざまなことを体験した。

当時、この地域にあった山下奉文将軍麾下の、関東軍第五軍の主力は、マレーシア方面の戦闘に参加しており、この方面は裳抜けの殻といったところであった。野戦兵器廠の任務は、残された大量の弾薬の管理と、第五軍が南方に携行した武器の補充であった。

国境警備隊を視察して驚いたのは、大砲を初め主要な火器はほとんどが南方に携行されており、僅かな小火器だけが残されていることであった。急遽迫撃砲を製造して補うということであった。私は兵器の技術将校ではないので、よくは判らなかったが、出来上ったものがとにかくお粗末なものであることは、一見して理解できた。

しかも、いささか閉口したのは、出来上った迫撃砲の試射の監督をわれわれ兵科の将校（兵器の技術将校ではない、普通の将校）が担当せよ、ということであった。なにしろ、いつ暴発するかも知れないような代物で、まさに命がけである。へっぴり腰で操作する兵士たちに立ち合い、はらはらしながら激励するのも決していい気持ではなかった。

そのほかにも、さまざまなことに遭遇したが、やはり忘れられないのは、最初の匪賊討伐であり、生れて初めての実戦である。昭和二十年の一月だったと思うが、本廠から二、三キロメートル離れた弾薬庫の警備隊長を命じられた。独立した警備隊で、百名ほどの部下を率いて、弾薬庫の警備はもちろん、弾薬の出し入れ、管理をするのがその任務である。それだけでも荷が重く、内心心もとなく思っているところに、ある日突然、開拓団などを荒している匪賊を討伐せよ、という命令を受けた。

隊列を組んで行軍していたところ、いきなり敵の射撃を受け、とっさに「伏せ」と命令したものの、次の命令が出ない。実は初めての体験で、敵の銃弾がどこから飛んできているのかすら判断できなくて、立往生していた。指揮命令系統の厳格な軍隊では、私の指揮に従わなければならないわけで、部下たちが若輩の私を心細さそうに伺っているように思われた。

長い間考えていたような気がするが、実際は数十秒であったかも知れない。仕方なく「准尉来い」と呼びつけて、敵の方向、兵力、火力などの状況を確めてほっとし、あとは予備士官学校で教わったマニュアルに従って、「第一分隊はどこ。第二分隊はどこ。機関銃隊はどこ。敵はどの方向。距離○○メートル。撃て」というような命令を下すことができた。このようにして、漸く匪賊を撃退することができた。しかも、幸いなことに一兵も損せずということで、戦死者はもちろん負傷者も出なかった。

ちなみに、この話は、後日、塾生諸君に酔ったまぎれに話したために、私のゼミナールではいつの間にか、「敵はどこだ」という伝説のような話になってしまった。

考えてみれば、あの頃の陸軍もあながち馬鹿ではなく、私のような未熟な若い指揮官の下には、熟練した准尉や軍曹などがつけられていた。私のところにいた准尉も、支那事変歴戦の勇士で、経験頗る豊かなベテランであった。そのお陰で、なんとか初戦に責任を果すことができた。

しかし、兵をまとめて帰隊するにつれて、何か気恥しさが増してきて落ちつかない。その夜は准尉以下下士官たちを集め、私のとっておきのウイスキーを出して慰労した。飲むほどに酔うほどに、口走ったことである。「何しろ初めて鉄砲玉をくらったのだから、無様なところを見せてしまった。勘弁しろよ」と。

ところが、准尉が真顔になって「いや、貴方はすばらしかった。あれでよかったのだ。もし、あの時貴方が知ったかぶりをして、敵もいない方向に攻撃命令を下すようなことをしたら、恐らく犠牲者が出たと思う。それればかりか、それからは部下は貴方の命令を素直に聞かなくなったかも知れない」といった。そうして、陸士出身の士官候補生が知ったかぶりをして失敗し、戦死者が出た例などを持ち出して、諄々と説き聞かせてくれた。

親父のような年配であったことにもよるが、この准尉の言葉は身に滲みた。若冠二十一歳の私が、その後数度かの実戦を大過なく凌ぎ得たのも、こうした人たちの支援があったからに他ならない。今でもあの准尉は私の人生の大切な教師であった、と思っている。と同時に、私にそのような率直さがあったとすれば、やはり慶應義塾に学んだ故であろうか、とひそかに考えた。

内地転属と終戦

昭和二十年の四月十日頃のことであったと思うが、営庭で出会った連隊副官に呼び止められ、内地転属の命令が来ていることを告げられた。二度と祖国の土を踏むようなことは無かろう、とかねてから覚悟していただけに、この突然の命令には驚いた。正直なところ、半信半疑で呆然としていたものの、やがて飛び上らんばかりの喜びが湧いてきたが、それを外に現すわけには行かず、ひそかにそれを噛み殺すことに苦労した。

戦況が切迫して内地が戦場となる可能性が増した結果、若い見習士官をいわゆる本土決戦要員として内地に転属させる意図のようであった。当時、この兵器廠にはわれわれ五人の見習士官がいたが、そのうちの一人は初年兵教官となったばかりであり、もう一人は遠く虎林というところの支廠に勤務しているといった理由で除外され、私を含めた残りの三人が内地転属を命じられた。ここに一つの岐路があり、人生の運、不運が思われてならないのである。

四月十八日にあわただしく西東安の駅を出発してハルピンを経由して新京に集り、各地から集合した若手将校たちと共に釜山に向った。釜山までは特別待遇で、満鉄特別列車の二等車ということで、かつて初年兵で貨物列車で延吉に向った時とは全く様変りであった。身分が将校になっていたことにもよろうが、第一線となる内地に赴く出征軍人であるからそれ相当の待遇で送り出す、ということのようであった。

ところが、それも釜山までのことで、釜山から輸送船に乗ってからは状況が恐しく一変した。輸送船は何の護衛もなく丸裸で、夜陰に乗じて逃げるように航行する。私たちは、いつ敵潜水艦の攻撃を受けても対応できるように、救命具をつけたまま上甲板で非常体勢をとらされた。すでに沖縄にはアメリカ軍が上陸し、地上戦闘が行われていた頃のこととて、それも当然のことであった。しかし、わずか一年余り前に大陸に渡る時には、両側を駆逐艦が、上空を戦闘機が護衛していたのに比較して、全くの様変りであり、あらためて戦況の厳しさを知らされた。

かろうじて博多に上陸したところ、その後は各自が適宜に列車を利用して任地に向え、という指令を受けた。私の転属命令はただ「中部軍管区隷下部隊に転属を命ず」というものであったので、とにかく中部軍司令部のある名古屋に行かなければならない。しかし、その頃は満足に列車など運行されていない状況で、貨物列車などを乗り継いで長い時間をかけて名古屋に着いた。途中通過する広島、神戸、大阪などのほとんどの大都市が焼け野が原であり、到着した名古屋も同様に焼土と化し見る影も無かった。戦災の激しさを実感すると共に、正直なところ心中敗戦を予感せざるを得なかった。

中部軍司令部に出頭したところ、いきなりどこから来たなどといわれる始末で、全く連絡がとられていないことが判った。事情を説明して、初めて「それは御苦労だった。別段の命令があるまで、しばらく兵站部隊で休養、待機しておれ」という指示にしたがって、焼け落ちた名古屋城にほど近い兵站部隊に、一応落ち着いた。

ところが、待てど暮せど一向に何の連絡もない。一週間近くたってから、業をにやして再度軍司令部を訪れて尋ねたが、どうも要領を得ない。「一体、どうすればよいのか。それほど不必要なのなら、復員してもよいのか」と詰め寄ったところ、「今回、金沢に新しい部隊が編成されるから、そこへでも行ってみるか」といった調子である。私もここにいても仕方がないので、「それでは、行ってみましょう」ということで、四月の末頃であったか金沢に赴任した。ひそかに、これでは本土決戦どころの騒ぎではない、と痛感した次第である。

金沢に行き連隊本部が置かれているという西本願寺の別院に着任して、また驚きかつ呆れた。なぜかといえば、いかに新設部隊とはいえ、全く部隊の体をなしていなかったからである。連隊長と大隊長は着任していたが、そのほかはほとんど整っておらず、一介の見習士官に過ぎない私に、いきなり第二中隊長代理を命ずという。暫くして着任した中隊長も私の親父年配の予備役の中尉で、中隊の業務は殆ど私がこなさなければならない状況だった。

兵員もかなり年配の補充兵や繰り上げて召集されてきた少年兵が主力で、部隊の編成も訓練もままならない。装備も誠にお粗末で、小銃も満足になく、いわゆる牛蒡剣も鞘は竹製であり、塗料も漆で代用されているために漆負けする者が続出するような有様であった。これで果たしてどれほどの戦力になるだろうか、と甚だ心もとない思いをしながら、それでも懸命に訓練に当ったものである。

七月頃から私は連隊本部に転じ、いわゆる情報将校の役割に着いた。この地位のいいことは乗馬本分ということで、乗馬が割り当てられることであった。すでに関東軍で乗馬訓練をかなり受けていたので、苦労することはなかった。戦後いろいろと問題となった内灘は、私たちの演習場であったが、連隊や大隊の演習で馬を乗り廻して連絡に当るようなこともしばしばであった。また、休日に颯爽と乗馬姿で金沢の繁華街香林坊などを闊歩したことも、懐しく思い出す。

たまたま終戦の前日、八月十四日には、われわれの予想戦場である九十九里沿岸の地形偵察に、師団参謀らと共に赴いていた。その時茂原近くで、いきなりアメリカのグラマン戦闘機の機銃掃射を受け、かろうじて崖にへばりついて難を免れたこともあった。

それよりも大きなショックを受けたのは、例の終戦の玉音放送であった。十五日正午、ラジオ放送はどこにいても必ず聞け、という指令をあらかじめ受けていたので、地形偵察から金沢に帰る途中、本庄の駅で途中下車して放送を聞いた。いろいろな状況からして敗戦を予想していなかった、といえば嘘になるが、いざそれが現実となる段階になれば誠に複雑な心境であった。余り明瞭でない玉音放送で終戦を知って、一時虚脱状態に陥ったが、同時に何かほっとしたような感慨が心中をよぎったのも事実であった。

急ぎ金沢の部隊に帰ってみると、案の定隊内ではさまざまな意見が対立し混乱を極めていた。なかには徹底抗戦を唱え、演習場に向うような中隊もあった。しかしながら、一時的な興奮がおさまるにつれて次第に落つきを取戻し、尖鋭な言動も影をひそめるようになった。結局は、命令に従って武装解除に応じ、部隊を解散して復員することに決定した。

その時、たった一つ私にとって困ったことが生じた。それは、「お前は慶應大学出身の学徒兵だから、英語もできる筈だから、進駐軍が来るまで残留し、いわゆるリエーゾン・オフィッサーの仕事をやってくれ」ということであった。こんなところでまさか慶應の名前が持ち出されようとは思わなかったが、これには本当に閉口した。復員がいつになるか判ったものではないと考え、幸いにこの段階になると命令とはいえず、要請といったものであることを知り、懸命に辞退した。

あの手この手で抵抗した結果、皆んなより多少は遅れたが、九月の半ばになって漸く復員することができた。

復員に際して、もう他に何も残っていないから乳牛一頭を持って帰れ、といわれたのには驚いた。輸送やなにかのことを考えたわけではないが、即座に辞退した。復員してみて、娑婆の聞きしにまさる食糧不足の実態に接し、何とかすればよかったと後悔する一幕も思い出す。

4　復学後の塾生生活

焼け野が原の三田山上

昭和二十年九月に復員したものの、当時の状況はすぐに三田に復学し、かつてのように学生生活を営むことを許してくれるようなものではなかった。焼け野が原と化した東京で、下宿を見つけることは至難の業であったし、食糧を確保することも決して生易しいことではなかった。大学に帰りたいという気持は日に日に募り、正に帰心矢の如しといった心境であったけれども、復学の前提である生活の基盤が容易に整わなかったのである。

事実、幸いに復員することができたものの、このような事情で、再び三田の山に帰ることを断念したり、地元の地方大学に入学し直した仲間も少なくはなかった。私も田舎に復員して暫く休養し英気を養っていたが、やはり復学したい気持が強まってくる。軍隊というおよそアカデミズムとは縁の遠い生活を二年間も送った反動で、無闇に大学が懐しくなってきたのも当然のことであろう。

そこで、復員して一カ月ほど経って、とりあえず様子を見てこようと思って三田を訪れた。その時、あの大ホールを初め殆どの建物が焼け崩れた状態に接し、本当に暗澹たる気持に蓋《おお》われるばかりで、これではとても満足に学生生活が送れようとは思われなかった。それでも確たる見通しのないまま、一応復学の手続きだけをすませて帰郷した。

復学の手続きの時期によって、単純にその学年が決められたようで、それによってまた卒業の年次が左右されてしまった。私は本科一年を僅か二ヵ月やっただけで出征したのだから、当然また本科一年に復学すると考えていた。ところが、「軍隊で大変御苦労だった」というわけでもなかろうが、本科二年に復学を認められていささか面食った。

ある予科時代のクラス・メイトの家が幸いに焼け残っており、家も広くて余裕があるということで、勧められるままに渋谷のその家に転げ込むことにした。もちろん、米などは田舎から送らせることにして、食糧難に対応した。

このようにして、無理矢理に翌二十一年の四月から復学したが、当時の三田はおよそ大学の体をなしていなかった。かろうじて焼け残った当時の新館、今の第一校舎なども、教室にはほとんど机や椅子もない状態であった。ドアにはかつて占拠していた米軍の残した拳銃の弾痕があり、天井には彼らが暖をとるために机や椅子を燃やしたと思われる焦げ跡があった。その上に、カリキュラムも満足に整ってはいなかった。とても勉強できるような条件ではなかったのである。

それでも次々と復学してきた塾生たちは、まるで飢えた狼のように教室から教室へ、講義から講義へと馳け巡っていた。満足に机や椅子もない教室も、どこも満員で、教壇にまで新聞紙を敷いて座り、むさぼるように講義に耳を傾けていた。三田の山は一種異様な熱気につつまれており、復学した塾生たちは、渇望していたものに恵まれた喜びに満ちているように思われた。

ゼミナールも、実は私たちの強い要望によって昭和二十一年から復活、開講されることになった。今と違って講義の数も少なかったこともあって、希望すれば複数のゼミナールの履修が可能であった。私も当時の塾長潮田江次（政治哲学）、島田久吉（政治思想史）、中村菊男（日本政治史）の三教授のゼミナールを聴講した。面白いことには、重複履修が許されていたために、どのゼミナールも同じような顔ぶれが顔を連ねていたことである。

また、その年の九月から米山桂三先生を主任教授として新聞研究室（メディア・コミュニケーション研究所の前身）が新設され、研究生が募集された。私も早速これに応募したが、この研究室にも何か学問的な匂いを求めてか多くの復学塾生が集まってきた。研究室は文・経・法の三学部の学生の応募を認めていたからで、それによって他学部の後に親しい友人となった、いろいろな仲間を得られたのは大変な幸いであった。

研究室では、とくに米山さんの指導を受けることになり、これが私がマス・コミュニケーションの研究を志し、塾に残るきっかけとなった。とにかく、このようにして、私の二度目の塾生生活は、決して恵まれたものではなかったかも知れないが、私の人生を左右するものとなった。

この復学後の僅かの間の三田の生活を通じて、私の学問に対する情熱と渇望とは急速に高まってきた。後年、学生諸君から、「なぜ学問の世界を志したんですか」というようなことを、しばしば尋ねられた。その際答えたのは、「そう聞かれると困るが、私の気持が強く学問に傾いて行ったのは、復学後の二度目の塾生生活を通じてである。しかし、その背景には、およそ学問などとは程遠い軍隊生活二年間に、学問的なもの、知的なものに飢えに飢えたことが強く作用しているに違いない」、ということであった。

軍服姿の塾生たち

あの頃、荒廃した三田のキャンパスは、学生服姿の塾生はほとんど見られず、階級章だけを外した軍服姿の塾生が氾濫していた。恐らくは敗戦兵のような様相を呈していたことであろう。しかし、それでも三田山上はある種の喜びと活気が漲っていたように思う。たとえば、あちらでもこちらでも、お互いに手を取り合い、肩を組み合って、生還と再会を喜ぶ復学塾生の姿が見られた。また、ベンチ一つとてない校庭に座り、軍隊時代の思い出話などに花を咲かせている塾生たちの群も少なくはなかった。決して恵まれた環境ではなく、すべてに満たされるような状況ではなかったが、私たちの言動には、何か張りのようなものがあったに違いない。

軍服姿の塾生が三田山上に溢れていたのには、もう一つの理由がある。それは私が復学して二、三年後のことであったと思うが、旧職業軍人を再教育するために、彼らを通常の大学に入学させる特別措置がとられたからである。そのために、旧海軍兵学校、海軍経理学校や陸軍士官学校、陸軍経理学校などの出身の若い職業軍人たちが、大挙して入学してきた。

そうした学生たちに、「君は軍隊では何だったのか」などと質問すると、「陸軍少佐でありました。某々の大隊長をしておりました」とか、「海軍大尉で……、駆逐艦の艦長でありました」などと答える連中は珍しくはなかった。数々の戦闘に参加し、さまざまな経験を積んだ歴戦の勇士も少なくない。

それに対して、私はいわゆるポツダム少尉であり、終戦の前にかろうじて陸軍少尉に任官したばかりである。そのまま軍隊にいたとすれば、彼らの方が遥かに雲の上の存在であった者もいたわけである。「世が世ならば、俺は君たちに這いつくばっていなければならなかったのだな」と、苦笑させられたこともしばしばであった。

その頃のもう一つの新しい出来事は、大学が男女共学となり、慶應義塾にも女子学生が出現したことである。私たちの二、三年下から、その数は必ずしも多くはなかったが、津田塾とか東京女子大などの卒業生が学部に編入を認められた。何しろ初めてのことであり、私たちもいささかとまどったのも無理はない。しかし、それはわれわれ学生ばかりではなく、学校側もいろいろと問題を抱え込んでいた。

ある時、神崎丈二常任理事と別のことで話をしていたところ、「それはそうと、今大変なんだよ」という。何のことかと尋ねたところ、顔をしかめながら、「男女共学はいいんだが、三田の校舎には女子トイレがないので、各校舎に造らなければならない。これにけっこう経費がかかるので、財政難の今の慶應義塾にとっては、なかなか大変なんだ」ということであった。なるほど、男女共学も意外なところに問題が発生するものだ、と妙に感心したものである。

とにかく、大混乱の時代であったが、塾生たちは案外に落ちついて行動しており、逆に何か使命感のようなものを抱いていたとすら思われた。考えてみれば、学業半ばにしてあの軍隊生活を体験し、あるいは戦火を潜ってきた連中や、職業軍人として厳しい訓練を受け、あるいは部隊を指揮する体験などを積んできた連中が多いわけである。彼らはもはや単なる学生ではなく、いろいろな意味で経験の豊かな大人になっていたといい得る。

それだけに、彼らは逞しく、自信を持っており、複雑な事態にも積極的に対応して行動する、主体性を備えていても不思議ではない。さらには、塾生の主体的な行動を容認する伝統の強い慶應義塾において、塾生がイニシアチブを取って活動することが多かったことも頷ける。事実、あの頃のいろいろな問題の処理や、新しい制度の創設などにおいても、塾生たちが積極的に要望したり、推進する力となったりして、実現に漕ぎつけたことも少なくなかった。

復学した後も、かつて予科のクラス委員であった私は当たり前のように、政治学会の委員を引き受けさせられた。そのために、しばしば大学側と交渉したり、陳情したりで、塾長、常任理事、学部長などを訪ねて走り廻った。緊急を要するということで、夜遅く旧徳川邸にあった宿舎に赴き、潮田塾長をたたき起し、陳情に及んだこともあった。私たちもとくに目くじら立てて行動するわけでもなく、学校側も理由が判れば潔く要望を受け容れてくれるというようなことで、相互に成熟した関係にあったといえる。

私たちの大きな仕事は、何といっても、復学の遅れた仲間たちの救済活動だった。「○○君はガダルカナル方面からかろうじて生還したが、復学が遅くなって半分ぐらいしか講義に出られなかった。何とか単位をいただけないですか」、「○○君は食糧事情が悪く、止むを得ずまだ田舎に止まっていますが、レポート提出というわけには参りませんか」といった調子で先生がたを口説いて廻る。先生がたも心得たもので、たいてい「まあ、悪いようには致しませんから……」といった返事が返ってきたものであった。

本科の先生がた

戦争前には、僅か二ヵ月の本科生活に過ぎなかったので、数人の先生がたしか親しく接触できなかった。したがって、本科の多くの先生がたとの出会いはむしろ戦後のことである。しかも、私たちは昭和二十二年の九月に卒業したのだから、実質的に本科の生活は一年半しかなかったわけで、充分な勉強ができたかどうか定かではない。しかしながら、この短い期間に、いろいろなすばらしい先生がたの謦咳に接することができたのは、無上の幸せであった。

戦前は、大学も大学教授の数も極く限られたものであった故もあるが、大学教授といえば、極めて豊かな学識と優れた識見を持った大学者であり、何か侵し難い威厳に満ちた存在であるとのイメージが強かった。事実、私たちも予科時代には、たまに接する本科の先生がたは、何となく近寄り難いおっかない方がただと思っていた。

ところが、私たちがいろいろな体験を経て、ある意味で大人に成長したことにもよろうが、復学後の先生がたの印象はかなり異なったものとなった。すでに述べたように、私たち復学した塾生たちは、アカデミニズムに対する強烈な飢えを感じており、それだけに学問に対するある種の情熱を持っていた。一方、先生がたにも戦時中の抑圧から解放され、再び教壇に立つことの喜びのようなものが滲み出ていた。そうして、戦後の厳しい状況の下にあって、学問を支え、慶應義塾を復興させなければならない、といった使命感のようなものが先生がたにもあったに違いない。

そうした何か共通の意識が教師と塾生の間に存在し、暗黙のコミュニケーションが成り立っていたように思う。その故かあの頃の三田山上には、何か異様な情熱と雰囲気が漂っていた。

板倉卓造先生には、出征前と復学後と二度にわたって「政治学」を教わっただけに、極めて印象深く思い起される。戦後も例の威厳に満ちた風格は少しも劣えず、たんたんとした名調子もほとんど変っていなかった。板倉さんは、確かこの年をもって引退されたため、私たちへの講義が最後の講義となったわけである。

潮田江次塾長には、「政治哲学」の講義を受けたが、その態度は頗る峻厳であった。講義が始まってから遅れて出席しようものなら、「君、私の講義は途中から聞いたって判らないよ。出て行き給え」といった調子である。講義もさることながら、当時塾長室で行われていたゼミナールも忘れられない。

　ゼミナールは、なにしろ時間に関係なく延々と続くわけで、辺りに夕暗が迫る頃まで数時間に及ぶことも珍しくなかった。中途で秘書が来客を告げに来ても、「待たせておけ」と一向に頓着しない。原書を読むのにも一言一句決して疎かにしない。そのために、一行を読むのに一時間以上を費やしたこともあった。学生がリポートしている間、時にはパイプで頬を摩りながらそっぽを向いていたり、時には居眠りでもしているのではないかと思われる様子が見られることも、度々であった。しかし、私たちの報告に間違いや疑問があると、途中でもただちに鋭く指摘された。学問の緻密さ論理の厳しさを存分に叩き込まれたことであった。

　ある意味では、これとおよそ対象的なのが島田久吉先生であった。島田さんには「政治思想史」を教わったのだが、その博賢強記なことには驚嘆させられた。当時NHKラジオの人気番組に「話の泉」というのがあったが、ある時島田さんは、「君、昨夜の話の泉の回答は間違っていますね」といわれて、あらためて驚いたこともあった。

　先生は、教室に入ってきて講義を始める前に、短くて五分間ぐらい、長いと十分間近くも、学生の顔を見渡しながら黙っている。恐らくはその間に講義内容をまとめておられたのであろう。というのは、島田さんはほとんどノートもなく、名刺ぐらいのメモを持って講義をされたからである。そのかわり、一旦講義が始まるや正に立て板に水といった調子で、滔々と止まるところを知らず、しかも、「何年何月何日に、ジョン・ロックは……」という具合で、実に細部にまで及んだのである。

ゼミナールでも、学生が一生懸命に調べて報告したことに対し、即座に「ああ、そうですね。そういうことは、○○が○○という書物の何頁当りに、こういう風に書いていますよ」と指摘される。そこで、さらに図書館にこもって研究を続けて、翌週にリポートすると、すかさず「そういう説もありますね。それは、○○の○○という書物の第○章に書かれていますよ」といわれる。リポートする塾生の側が意欲を喪失することおびただしいものがあったが、学問の深さを痛感させられた。

「中国政治史」の及川忠恒先生の、「かくて……は西へ西へと走ったのであった。マル、行を変えて……」といった、フランス流の名調子の講義も耳に残っている。その他多くの先生がたのことを思い出すが、それも単に教室における講義だけではなく、焼け野が原の三田山上で、いろいろと語り合ったことを通じて、実に多くのことを得たような気がするのである。

しかしながら、何といっても最も密接なつながりを持ったのは、後の私の指導教授であり、私のマス・コミュニケーション研究への道を示唆していただいた米山桂三先生であった。米山さんは非常に鋭い直感と先見性の持主であり、自らも産業社会学、看護社会学といった先端的な新しい分野を開拓された。と同時に、いち早くマス・コミュニケーションという全く新しい領域の研究を、私に示唆された。

米山さんはおしゃれでダンディであることが塾生の間では評判であったが、また個性豊かで非常に我儘であったことも事実であり、さまざまな逸話が残されている。

昭和二十一年九月に、米山さんを主任教授として新聞研究室が開設され、研究生の募集が行われ、私もそれに応募した。そうして、新聞研究室の第一回の卒業生となり、現在もそのOB団体である綱町三田会の名誉会長ということになっている。

ともあれ、新聞研究室で米山さんと巡り合い、その指導を受けたことが、私の学問の方向を決定し、私の人生を左右する契機となったことは間違いない。同時に、新聞研究室から新聞研究所、そうして現在のメディア・コミュニケーション研究所へと発展してきたこの組織に、私はどっぷりと浸ることになったというわけである。

創立九十周年記念式典

慶應義塾創立九十周年を記念する行事が、昭和二十二年に行われたということを不思議に思っている人は、恐らく少なかろう。しかし、昭和二十二年は西暦でいえば一九四七年であるが、後に行われた慶應義塾創立百年記念式典が一九五八年といえば、そこに十一年の開きがあり、一年のずれがあるといえば、どうしてと疑問を抱くに違いない。実は、これにはさまざまな経緯があるのである。

創立九十周年の記念行事は、慶應義塾にふさわしいことであるが、塾生のイニシアチブによって推進されたのであり、正しく瓢箪から駒が出たたぐいの出来事であったといえる。この行事に直接携わった一人であるだけに、私の脳裡にはそのいきさつが強く刻み込まれている。

その発端となったのは、ゼミナールにおける潮田塾長の一言である。雑談の最中に塾長の口から、「最近の世情は暗いし、塾も大変な苦境に立っているわけで、どうも面白くない。何か景気のいいことはないかね」と、ボソッとぼやきが洩れた。戦後のそうした閉塞し低迷した雰囲気を何とか打解できないか、という思いはわれわれ塾生の間にも強かった。その故か、この塾長の言に対し、ただちにいろいろと問題が提起され、さまざまな議論が展開された。

その中で、ある塾生から、「来年（昭和二十二年）は慶應義塾創立九十年目に当るから、一つ盛大に記念行事を行ってはどうか」という提案がなされた。しかし、それはいわゆる数え年であり、こうした記念行事は満でやるものではないか、という疑問も出た。そのこともあってか、当初潮田塾長も余り乗り気でないように見受けられた。ところが、私たちの間には、私たちの手で在学中に何かをやってのけたいとい気持が強く、それには九十周年というのは格好のテーマであった。

そのためか、この問題を巡る論議はゼミナールの域を越えて、次第に塾生の間に拡がりを持ってきた。そして、この際だから一年サバを読んで、われわれの在学中の昭和二十二年に実現させようという気運が盛り上ってきた。気の早い連中は、九十周年記念行事の具体的内容や記念式典の式次第にまで議論を進める、というような始末であった。

中でも最大の論点は、主賓をどうするかということであった。というのは、当時は連合国軍の占領下にあったわけで、連合国軍最高司令官マッカーサー元帥と天皇陛下の関係が微妙であることとて、主賓をどちらにするか、二人にするかという点が、極めて大きな課題となったわけである。復員塾生が多かった故であるかも知れないが、マッカーサー司令官を呼ぶことには釈然としないものがあり、結局は天皇陛下お一人だけをお呼びすることに落ちついた。

しかし、よくよく考えてみると、このような議論は、塾生の間で勝手に展開されてきたもので、実現の可能性やプロセスについては、全くといっていいほど論じられていなかった。正直なところ、これが成功するとは誰も考えていなかった、といっても決して過言ではなかろう。

たまたま、私たちの仲間に殿様といわれ、旧華族の後裔で霞山会の有力メンバーがいた。それに思い当って、私は「君は宮内省に顔がきくのだから、内々に交渉してこいよ」と、半ば冗談まじりにけしかけた。余り期待はしていなかったが、数日後に、宮内省と交渉した結果、内諾を得たという意外な報告を彼から聞いて、驚いたのは私たち自身である。

当時、「人間天皇になりたい」というお気持が、陛下に強かったことが幸いしたのかも知れない。ともかく、非常に驚いたのであるが、それは私たちだけではなかった。恐らく一番驚いたのは潮田塾長であったろうし、塾当局は大いに慌てたに違いない。正に瓢箪から駒が出た、というのはこのことである。ちなみに、これが戦後天皇が私学の記念行事などに出席される先例を作ったわけであるが、世間も大いに驚いたことであった。

しかし、問題はそれから後のことであった。式典を挙行するにしても、その建物とてないような惨めな状態で、いつ、どのようにして行うかには、大変な苦労があった。結局は、天候を考えて日時を選定し、野天で行われることとなった。三田山上の公孫樹の中庭に舞台を設け、紅白の幔幕を張り巡らして、五月二十四日午前十時から行われたのである。

新聞研究室実習紙として創刊されたばかりの「慶應ジャーナル」は、六月一日付の第一号において、「慶應義塾創立九十周年記念式典の盛儀」との見出しで、その状況を報じている。それによれば、その式次第は次のようなものであった。

潮田塾長の式辞に始まり、島田早大総長、南原東大総長の祝辞があった。次いで、当時文部大臣であった高橋誠一郎君から、祝辞に代えて回顧談が述べられた。さらに塾員代表尾崎行雄君、塾生代表で私たち同期の徳川康国君の祝辞となり、塾歌斉唱が行われた。

この間約一時間にわたり、熱心にこれらをお聞きになっていた天皇陛下から、最後に次のようなお言葉があり、式典は終了した。それは、「慶應義塾が九十年にわたって、わが文運に寄与したことを満足に思う。戦災などで学業と経営に困難があるだろうが、福澤諭吉創業の精神を心として日本再建の為に一層の努力を望む」というものであった。

この記念式典もこのようにして無事終了したが、その陰にはさまざまな苦労があり、またいろいろな出来事があったことも事実である。私学への行幸という異例のことであり、とくに論議を呼んだのはその警備についてであった。治外法権ではないにしても、やはり大学内での制服警察官による余り物々しい警備は好ましくないということで、塾内の警備は職員、体育会部員などを中心に、塾側が全力を挙げて行うことになった。

そうした体制で大過なく終了したが、ただ一つ問題が生じた。それは「三田新聞」の塾生記者が、協定を破って飛び出し、突然「陛下、ご感想は……」と直接質問に及び、物議をかもしたことである。陛下は一瞬たじろがれたようであるが、とくにお咎めになることもなかった。驚いたのは周りの人たちであったが、幸いに事なく収ったが、忘れ得ぬ一駒である。

記念行事は、記念式典だけではなく、多彩なプログラムによってさまざまな催しが展開された。各学会、研究会等が展覧会を繰りひろげ、各種の講演会なども盛大に行われた。また、音楽パレード、仮装行列、音楽会も行われたし、銀座の交詢社では祝賀舞踏会も開催された。

文、経、政、法四学会主催で行った復興バザーも賑わったが、これにも深い思い出がある。何しろ戦後の窮乏の時とて、バザーといっても出品する物が殆どない。各自手分けして、会社、先輩等を懸命に馳け巡って出品を要請して廻った結果、予想以上に多くの出品を得て大成功を収めることができた。都内のいろいろな女学校から出品された可愛い手芸品があるかと思えば、コンロ、ラジオ、さらには鉛筆や包丁に至るまでさまざまな品揃えとなった。

もの珍しさも手伝ってか、連日入場者も予想以上に多く、売り手となった塾生たちもてんてこまいで、うれしい悲鳴をあげた。売り上げも十数万円に上り、すべて義塾復興資金として寄付することとなり、塾生たちは鼻高々であった。

中でも感激したことがある。それは、ある先輩に出品をお願いに上ったところ、心よく応じていただき、当時全くの貴重品であった新しい毛布を提供していただいた。ところが、それは先輩のお宅にとっても大切なものであったわけで、当日その先輩の夫人が会場に来られて、まっ先にご自分でその毛布を買って行かれたのである。

記念行事が五月二十八日のレセプションをもって終了した時、潮田塾長は「慶應ジャーナル」の記者に、全塾の協力を要望して次のように語っている。

慶應義塾が創立九十年を迎え、過去九十年にわたって日本文化の発展に尽して来たことは、大いに誇るべきことである。戦災によって大きな損害を被った現状を見る時、また感慨新なものがあると共に復興の責任の重大なことを痛感する。二十四日の式典には陛下のお出を頂き、はからずもお言葉を賜り、陛下のご期待にそうべく、福澤先生をはじめ多くの先輩達の残した、この輝かしい慶應義塾を一日も早く復興し、その伝統を守り、更に発展させなければならない。これが為には、学校当局はもとより、塾員、塾生真に一丸となって努力し、一日も早く復興を促進しなければならない。

今日百年祭を待たずに九十周年式典を行ったのも、これを一つの復興運動の契機としたい念願に外ならないのであって、全塾員、塾生諸君の協力を切望するものである。

当時の荒廃その極に達していた慶應義塾の惨状を思い起し、今日の美事な復興ぶりを見る時、転《うた》た感無量である。幸いにして、今次の大戦をかろうじて生き延び、再び三田の山に還ることのできた私たちには、この潮田塾長の談話は身に滲みるものであると同時に、さまざまな感慨を抱かせるものでもある。とにもかくにも、この慶應義塾の戦後史を飾り、画期的な一頁を刻む、創立九十周年記念式典に参画したことは大変な喜びであったが、同時に私と義塾とのかかわりを断ち難いものとしてしまったのである。

5　繰り上げ卒業

九月卒業

昭和十八年に予科が半年短縮された結果、私たちは九月で予科を終り、十月から三田の本科に進学させられた。その余波の故か、復学した年度によって異なるが、私たち同期の多くは再び変則的な扱いで、昭和二十二年の九月に繰り上げ卒業をさせられることとなった。実質的には、学部は一年半在学しただけということであり、ろくに学問する暇も無かったといわれても仕方がない。

復学はしたものの、すべてが混乱し、生活条件も著しく窮乏した中での学生生活であり、まともに学問ができるような状態でなかったことも事実である。それでも、その頃の塾生たちは戦争という重圧から解放された安心感と喜びとをバネに、精一杯知識の吸収に励んでいたと思う。また、困難な厳しい条件にもめげず、学生生活を最大限にエンジョイしようとしていたことも間違いない。

教科書や参考文献なども、決して充分に整っていたわけではない。まして、原書などは新たに入手すべくもなかった。三田の図書館も焼け落ちているような状況では、図書館を当てにすることもできない。方々を探し廻って得た僅かな文献を回し読みをしたり、仲間で分担を決めて翻訳をしたり、その苦労は並大抵なものではなかった。

しかしながら、今となっては、それも若き日の貴重な経験であり、なつかしく思い起されてならない。先日も書庫の片隅で、私の分担であった、板倉さんの *Readings In Political Science* を全訳したノートを発見し、その訳の下手くそなことはともかくとし、感無量であった。

東京六大学野球も復活はしたものの、まだ一回戦勝負であった。球場も神宮球場は使用できず、上井草球場や後楽園球場を転々としたものである。復活最初の昭和二十一年春のリーグ戦で、早速五戦全勝で優勝した時には、大騒ぎであった。

しかし、優勝パレードもささやかなもので、もちろん旗行列も提灯行列もない。僅かに伝統のカンテラ行列で三田界隈を練り歩いたことを思い出す。カンテラというのは缶詰の空缶に石油を染み込ませたボロ切れを入れ、これに点火して竹竿の先につるしたものである。行進の途中、時には襟元などに油が垂れ熱い思いをしたことも懐しい。いつ頃からこの伝統のカンテラ行列が無くなったのかは知らないが、何でも火災予防という見地から、消防庁が許可しなくなった、と聞いたことがある。

当時、いろいろなサークルなどで合宿まがいのことを試みたが、これまた大変なことであった。合宿といっても、まずその施設が満足になく、山中湖畔の体育会の山荘や他の学校などの設備を借りるしかなかった。食糧も配給制であったので、米などを担いで行かなければならなかった。列車で行くにしても、なかなか目的地までの切符を手に入れることが容易ではなく、大変苦労した。

ある時山中山荘に行こうとしたが、どうしても御殿場までの切符が入手できず、止むを得ずようやく調達できた切符で手前の駅まで行き、山越えで歩いて向ったこともある。道に迷った時に、たまたま越中富山の薬売りが道案内をしてくれたことを思い出す。かろうじて御殿場からバスに乗ったところ、馬力の弱い木炭バスのこととて、須走峠の坂を昇りきれず、途中で下車して皆んなで後押しをしたこともあった。

保田で合宿をした時も、幸い海で魚が豊富でおかずには余り苦労しなかったが、やはり主食は持参しなければならなかった。列車の切符も容易に手に入らず、たまたま仲間が一足先に帰るので、習い覚えたばかりの和舟を漕いで隣の駅近くの海岸まで送った。途中で何度も櫓臍《ろべそ》を外しながらかろうじて往復したが、手は血豆だらけになったものである。

その外にも、この頃の生活を思い返せば、今日では考えられないようなことが少なくない。例えば、あの頃多くの人が渇望していたものは、食糧に次いで煙草と酒であった。煙草はいわゆるバラ売りで、一箱などは売ってくれず、三本とか五本といったところで、それもすぐ売り切れてしまう。それでも、そんな煙草が吸えるのは上等で、普通に吸っていたのはシケモクといった手巻きの煙草であった。シケモクというのは、吸殻をほぐして巻き直したものである。

吸殻を竹の棒などの先に針をつけた道具で突き差して集めて歩く、いわゆるモク拾いという者もいた。手巻きのための特殊な器具が考案されて、一時大流行になった。また、シケモクを巻くのに、辞引のインディア・ペーパーが最適だということで、愛煙家の手元から辞書が消え去った、ということも笑えぬ事実である。

酒も殆ど手に入らず、それを入手するためにあの手この手で苦労したものである。たまたま、私の下宿に某工業大学の助手がいた。下宿の仲間がその助手をけしかけて、研究室からひそかにアルコールを持ち出させ、それに酒石酸だの紅茶だのをブレンドして、酒らしきものを造って酒盛をしたこともあった。これには後日談があり、度重なるアルコールの紛失に気づいた教授が、アルコールに非常に臭い香料を混入したために、それから後は酒の密造も不可能となった。

こうした状況の下に、二度目の塾生生活を夢中で懸命に生きているうちに、たちまち一年半が経過し、昭和二十二年九月に変則的な繰り上げ卒業となった。満足な施設もない状態で、次々と復学してくる塾生を収容するためには、先の者は少しでも早く押し出すしかないのか、などとあらぬ憶測をしないでもなかった。企業も殆ど立ち直っておらず、卒業してもろくな就職口もないような時期であっただけに、いろいろと考えさせられたのである。

この年の九月に卒業した者の多くは、私と一緒に昭和十六年四月に予科に入学した連中であった。しかし、中には出征しなかったために私たちに追いついてきた後輩もあれば、復員復学が遅れたために私たちに加わった先輩も少なくなかった。予科入学の年度でいえば、前後五年ほどにわたる者が含まれており、まるで掃き溜のようなものである。反面、非常に多様な人間が含まれている面白い卒業年度であるともいい得るのである。

二十二年三田会

私たちは、恒例にしたがって、卒業と同時に「昭和二十二年三田会」を結成した。前にもいったように、二十二年九月の卒業生には実に多様な仲間が含まれている。それにもかかわらず、年度三田会としては最も結束の固い三田会である、といわれてきた。

それは、卒業生の大半が学徒動員で戦争という異常な体験をし、軍隊生活を挟んで前後二度にわたる塾生生活を送った、ということが微妙に関連しているに違いない。と同時に、最初の代表幹事となった五島岩四郎君の類稀な愛塾の情熱と行動力とに負うことが頗る大きかった、と思う。

彼は、在学中自治委員会の中心的存在であったと同時に、応援指導部の文字通りリーダーであった。当時、応援指導部が改組されて自治委員会の一部となり、各学会の委員がそのままリーダーを兼ねるシステムとなったのであるが、五島君は経済学会の委員と応援指導部のリーダーを兼ねて活躍した。

彼は卒業後の年度三田会の結束のために大変な情熱を傾け、慶應義塾の復興には献身的に寄与した。私たち同期の者は、彼の愛塾の熱意と行動力に応えて、二十二年三田会を挙げて彼を慶應義塾の評議員に送り出した。

　われわれの期待に応じて、めざましい活動を続けてきたが、何といっても忘れられないのは、あの米軍資金闘争の際の彼の活躍である。あの紛争においてストを回避し、学園を正常化しようとしている塾生をバックアップし、彼は昼夜を分たず不眠不休で努力した。ところが、その無理がたたり、過労のために倒れてしまった。意識の定かでない状態で、彼は塾歌をかすかに唱いながら絶命したという。正しく、壮烈な戦死ともいうべき死であった。

　彼の没後、私が二十二年三田会の代表幹事を務めることとなった。私が彼と親しく、とくに米軍資金闘争を通じて関係が密であったために、彼の葬儀に際しては、友人代表として弔辞を読むことになった、というような因縁からである。とにかく、何かあるごとに、同期の仲間たちは彼を思い出し、衣鉢を継がなければということで、ますます結束は固まり、その点ではその後の代表幹事も大いに助かった。

　事実、私が慶應義塾の常任理事の時に生じた、学費値上げをめぐる大学紛争の時も、二十二年三田会の仲間は、米軍資金闘争の場合と同様にあらゆる支援を惜しまなかった。五島君にならって、陰に日向に、良識派の塾生の活動を物心両面から懸命にサポートしてくれた仲間は、決して少なくはなかった。

　卒業二十五年で、われわれが塾から卒業式に招待を受けた際にも、二、三年前から着々と準備を始め、これまでにない額の寄付金を集めようと努力した。二十二年三田会だから、二百二十万円を目標としようというのが、仲間の暗黙の了解であった。常任幹事会が中心となり、各学部各クラス会を通じて働きかけた結果、目標を達成した上に、年度三田会としての活動資金をかなり残すことに成功した。

あの頃のこととしては、この金額はかなりのものであった。それだけに、二十二年三田会が余りに張り切るので、われわれがやりにくくて困る、といった苦情が、後の年度の三田会からひそかに寄せられたこともあった。これが契機となって、それから後は各年度三田会が前の年度に負けるなと、競って募金を行う風潮が生じた。塾ならではと思いながら、ひそかに快哉を叫んだものである。

しかしながら、卒業五十年で再び塾から招待を受けた時には、さすが皆んな老齢に達しており、多くが現役を退いていることとて、募金には無理をしないこととした。金額ではなく、もっぱら参加することに意義があるというわけであった。それでも、当時の現存者約七百名のうち、四百名近くが募金に応じ、目標額は軽く達成した。招待日に参集した者はたしか三百名足らずであり、年月の経過を感ずることしきりであった。

数年前から、私は再び二十二年三田会の代表幹事を引き受けさせられ、春秋二度懇親会を開催している。もう大部分の仲間が八十歳を越えているが、それでも多い時は百名ほどが、少ない時でも八十名ほどが出席している。年と共に他界する仲間のあることに淋しさを覚えるが、これも致し方ない。しかし、集った者たちは、往時を思い起して、盛んに語らい合っており、昭和二十二年三田会の輝かしい歴史を思わざるを得ないのである。

「幻の門」の門標

平成十年であったか、三田に新しい研究棟が建設されることになり、旧図書館前にあるいわゆる「幻の門」が取り壊されることとなった。これに対して塾員の一部から、撤去反対の運動が展開された。曲折を経た後に、古い「幻の門」は坂の途中に移築して保存することに決定した。

それはそれで、とくに異議を唱えるつもりはない。あの門は、戦前私たちが通い馴れた正門であったし、学徒動員で出征する時に、教職員や後輩たちが堵列して送ってくれた門である。そうして、復員してあの門を再びくぐって三田の山に登った時の感激は、忘れようとして忘れられるものではない。「幻の門」といわれたあの古い門には、それだけに私も限りない思い出と愛着を持っている。

だから、あの門を移築保存することに決して反対ではなかった。しかしながら、あの門が果して「幻の門」なのか、「幻の門」の由来が奈辺にあるのかということになると、いささか疑問がある。というのは、私は「幻の門」にまつわる非常に興味あるエピソードを知っているからである。

慶應義塾のように長い歴史を閲してくると、その起源やいわれが必ずしも定かではなく、諸説紛々といったことが少なくない。三色旗の由来もそうであるし、かつての予科の丸帽の由来も頗る曖昧である。「幻の門」も例外ではなく、いろいろな説がある。

ところで、現在もそうであるが、慶應義塾にはどのキャンパスにも、それを示す門標は掲げられていない。僅かに信濃町の慶應義塾大学病院を示す看板が見られるが、これも外来する患者などの便宜を考えてのことであり、門標はない。これが慶應義塾の伝統だというわけである。

その日時ははっきり記憶してはいないが、私たちの卒業間際のある日、この正門に墨痕鮮かに「慶應義塾」と書かれた木の門標が掛けられたことがある。しかし、それは一日だけのことで、一夜にして消え失せ、二度と掲げられることはなかった。

後で知ったことであるが、これはＧＨＱのなんらかの指令があって門標を掲げた、ということのようである。ＧＨＱは、あの頃東京の主な通りには、それぞれ独自の名称をつけると共に、主要な施設にはそれを表示する標識を掲げることを指令していた。恐らくは、そうした指示に従って、三田の当時の正門にも慶應義塾の門標が掲げられたのであろう。

それにもかかわらず、なぜその門標が一夜にして消え失せたかという事情は、私もよく承知している。われわれの仲間がそれをひそかに取りはずし、現在の西校舎の裏あたりで焼却してしまったからである。それには、連合軍に対する多少のレジスタンスの気持が働いたかも知れないが、主たる理由は、門標の無いことが慶應義塾の伝統であって、そんなものを掲げることはその伝統に反する、ということであった。

福澤先生が好んで揮毫された文言に「千客万来」というのがあり、かつて三田山上にあったファカルティ・クラブも、それにちなんで「万来舎」と名づけられていた。福澤先生以来、慶應義塾は誰にでも門戸を解放し、常にオープンであるのが大原則である。だからこそ一切門標などを掛けないのであって、これが「幻の門」の原点であるというわけである。現在の場所に移築し、保存されているあの門柱が「幻の門」であるということではなく、このような伝統的な考え方こそが本当の「幻の門」だというわけである。

塾生によって門標が持ち去られた後、塾当局が再び門標を掛けることをしなかったのは、恐らくはこうした伝統的な考え方が判っていたからに違いないと思う。事実、後日私が助手となってからのことであったが、ある機会にこの間の事情について神崎常任理事に話したところ、さして驚いた様子は見られなかった。

多少大きな声で、「あれは君たちの仕業だったのか……」と、呵々大笑とまでは行かなかったが、笑い話で終ってしまった。そんなことからも、今でも私は「幻の門」については、このような説に与したいと思うのである。

それにしても、当時の私たちの言動を顧みると、いかに混沌とした状況であったとはいえ、思わず苦笑したり、赤面するようなことも少なくはなかった。若気の至りで思わず羽目をはずすようなことも、しばしばであった。しかし、それが今では懐かしい思い出となっており、慶應義塾への愛着を強めるよすがとなっていることも、決して否定できないのである。

6　あわただしい助手時代

助手と「お餅代」

昭和二十二年九月繰り上げ卒業をしたが、十月一日から法学部の助手に採用された。戦争で最大の戦災を被り、経済的にも苦境にあえいでいた当時の慶應義塾のこととて、助手といっても、その待遇たるや惨憺たるものであった。

そもそも、助手の採用試験の状況からして異常なものであった。二十名ほどの教授が居並ぶ旧制教授会での面接試験が主であったが、当時の教授会といえば非常に厳しい近寄り難い存在であり、極度に緊張して恐る恐る受験した。どんなことを尋ねられるのか、私が専攻しようとしている領域についてどのように説明すればよいのか、など種々思い悩みながら面接に臨んだ。

しかし、まず驚いたのは、私の研究しようと希望している新聞やマス・コミュニケーションの問題、あるいは学問上の課題などについては、ほとんど質問が無かったことである。指導教授の米山桂三先生などから二、三の点を聞かれただけで、後はもっぱら待遇や給与のこと、これからの生活などのことばかりであった。多くの教授から異口同音にいわれたことは、待遇の悪さに耐えられるかという点であった。

「君、今の塾の待遇は本当に悪いよ。大丈夫かね」とか、「塾の給与じゃまともな生活はできないよ。給与を当てにしちゃ駄目だよ」といった類のものばかりであった。「田舎にある程度の資産はあり、当分は親父が面倒を見てくれると思うので、何とかなると思います」という答えを繰り返すしかなかった。最後に、学部長から「本当に大丈夫かね」と、あらためて念をおされた時には、いささか自信も揺いだ。

たしかに、あの頃は、大学教授や研究者になるためには、よほど家庭に資産がなければ無理だ、というように一般的には考えられていた。また、「恒産なきものは恒心なし」というような風潮があったことも否定できない。しかしながら、何よりも慶應義塾の財政状況は逼迫しており、後で知ったことではあるが、面接している教授がたの待遇もひどいものであった、ということがこうした質問に反映していたともいい得よう。

幸いに、両親は比較的理解があり、子供は自分で自分の道を選べといった考え方を持っていた。そのために、半ば事後承諾のような形で大学に残ることの許可を求めたところ、あるいはしぶしぶであったかも知れないが、認めてくれた。親戚の間からも「貧乏学者にしていいのか……」、といった反対の意見のあったことを後で聞かされた。

このような状態で覚悟はしていたものの、いざ最初の給与を手にしてみて、聞きしに優るものであることにあらためて驚いた。しかも、戦後のインフレの最中、物価は日に日に鰻昇りに上昇していた。私の下宿代も例外ではなく、私の助手給は下宿代の常に三分の二程度であった。助手給がかろうじて上った時には、下宿代はすでに一艇身ほど先行している有様であった。

資金ぐりがかなり苦しかったとみえて、その給与すら月二回に分けて支給されることもしばしばであり、時にはそれが遅配となることすらあった。もちろん、ボーナスなどというものもなく、盆暮には「お餅代」と称して僅かな額が支給されるだけだった。「これではお餅も買えない。せいぜい餅網代かな」と自嘲したものである。

助手になると同時に、私は文部省の特別研究生に採用されたことを知らされた。この特別研究生というのは戦時中の制度で、極く僅かな人数ではあるが、これに採用された者は文部省からある程度の手当が支給されると同時に、兵役免除の特典が与えられた。戦時中でも僅かにもせよ優秀な頭脳を残そう、という政府のせめてもの考えを反映した制度であったのだろう。

戦後になっても、兵役免除という特典は意味をなさなくなったものの、暫くの間、この制度は残存していた。それに私が採用されたというわけである。早速財務理事に談判に行き、助手給と特別研究生手当との併給を求めた。ところが回答は、「理屈はよく判るが、併給すると教授より高額になるから、勘弁しろ」ということで、啞然として引き下るのみであった。

戦前の慶應義塾の待遇はすばらしく、塾長の年俸は内閣総理大臣と同額であったとか、全国官公私立大学で最高給を得ていたのは文学部の某教授であったとか、というようなことを仄聞したことがある。また、戦後のあの頃でも、今と違って給与は銀行振り込みでなかったが、一年ぐらい給与を受け取りに来ない教授がいて、給与課で処理に困っている、というような話を聞いたこともある。

そのために、当時のこのような慶應義塾の財政事情や教職員の待遇などについて話しても、外部の人たちはもちろん、塾員の多くからも殆ど信用して貰えなかった。しかし、現実はことほどさように極めて厳しいものであり、今から考えても、皆んながよく我慢していたものだ、と思わざるを得ない。私のように助手に採用された者はまだましで、副手として採用された人たちはさらに惨めな待遇であった。それにもかかわらず、そうした人たちを含めて、その頃のことを回顧すると、多くの人たちがよく我慢したものだ、よく頑張れたものだ、と今更のように懐かしげに、誇らしげに語るから不思議である。

旧徳川邸の新聞研究室

新聞研究室の第一回の修了生であることもあって、法学部の助手となると同時に、新聞研究室でも米山先生の下で手伝うことになった。昭和二十四年四月からは新聞研究室の助手を兼務し、主事を勤めるようになった。それ以来、今日に至るまで、新聞研究室（現在のメディア・コミュニケーション研究所）との、六十年になんなんとするかかわりを持つことになった。

その頃の新聞研究室は、今慶應女子高校がある綱町の旧徳川邸にあった。ろくな設備もなく、教室といっても、せいぜい二十名も集まれば一杯になるような小部屋が二つ三つあるだけであった。講義というよりも、教師を囲んで数名の者が論議を展開するといった、いわばセミナー形式のものが多かった。極めてインフォーマルな、しかし、非常になごやかな雰囲気の中で授業が行われた。時には、先生持参のお菓子などを食べながら、談論に花を咲かせたこともあった。

新聞研究室は、連合軍司令部の勧告によって開設されたものであり、当初は日本新聞協会の寄付講座として四講座が置かれた。それは、「新聞発達史」・小野秀雄、「新聞制作論」・原田譲治、「新聞経営論」・新田宇一郎、「新聞時事解説」・有竹修治の四講座である。翌昭和二十二年には、「世論と新聞」・米山桂三、「外国ノ新聞」・山本敏夫が加えられ、六講座となった。

GHQの意図は、わが国にアメリカのスクール・オブ・ジャーナリズムをモデルとする新聞学部を定着させ、新しい優れたジャーナリストを養成しよう、というものであった。当事、GHQにそうした点で助言する役割を担っていたのは、ミズーリ大学のスクール・オブ・ジャーナリズムの学部長モット博士であった。

しかし、当時のわが国の大学の状況や慶應義塾の財政状態などからして、とても新聞学部を設置するなどということは不可能であった。そこで、新聞研究室という形で極めて小規模なものとして、前記の四講座で発足することになった。これには開設の責任者であり、初代主任教授であった、米山桂三先生の大変な苦労があった。

アメリカ的な考え方が底流にあるだけに、「職業人としてのジャーナリスト」を養成するという発想が強かったことは当然である。そのために、新聞実習を重視し、実習紙を発行することが考えられていた。しかし、戦後の困窮した用紙事情の下で、新聞用紙の割り当てを受けることなど困難を極め、かろうじて実験実習用として僅かな割り当てを受けることができたに過ぎない。昭和二十二年六月一日をもって、「慶應義塾大学新聞研究室実習紙　慶應ジャーナル」が発刊されたわけであるが、私も早速これに参加した。

その発刊の辞には、「昨年十一月発足した慶應義塾新聞研究室は過去半年の研究の成果をまとめると共に斬新な内容と形式をもった真の新聞の一方向を示すべく……」といった、誠に意気盛んな意図を述べている。内容も一般日刊紙と殆ど変らず、第一号の一面トップには、片山内閣成立のニュースを取り上げ、閣僚の顔ぶれなどを報じている。次いで、「今後の日本経済　悲観か楽観か」という記事が掲載されている。二面の「論説」は、「三党連立内閣に望む」というものである。

考えてみれば、一般日刊紙なみのニュースを取り上げて編集するなどということは、正しく蟷螂の斧であったかも知れない。しかし、あえて一般日刊紙に新聞の在り方を示そうとする意気込みたるや、誠に壮というべきである。

綱町に集った初期の研究生たちは、大部分が復員塾生であり、われわれより二、三年後に入ってきた者には、陸士、海兵出身の旧職業軍人が圧倒的に多かった。それだけにすでに多様な人生経験を経た連中で、独得の雰囲気をかもし出していた。旧徳川邸で先生がたを囲んで談論風発している様は、正しく梁山泊の感を呈していた。

ことに、実習紙の発行が始まってからは、研究生の間に何か心棒のようなものができた感じで、これを中心に同志的な親近感が強まっていった。新聞編集に没頭して、徹夜も辞さない者も多く、連日三田に登校しても、山上には登らず、ひねもす綱町の研究室でとぐろを巻いている者も少なくなかった。

この実習紙は、第七号をもって「慶應義塾大学新聞」とタイトルを改め、学内を対象とする大学新聞として再スタートした。その背景には、実習紙の発行ばかりに熱中し、殆ど講義には出席せず、単位の取得も危うくなるような、研究生の態度に批判が強まってくる傾向のあったことも否めない。

ともあれ、新聞研究室が研究機関か実習機関か、マス・コミュニケーションやジャーナリズムの研究に重点を置くべきか、優れた新聞人、ジャーナリストの養成に力点を置くべきかということは、発足以来の大きな課題である。今日に至るまで、時にはマス・コミュニケーション研究に、時にはジャーナリストの養成にと重点を移し、揺れ動いてきたのが現実である。それにもかかわらず、新聞研究室は新聞研究所、メディア・コミュニケーション研究所へと発展を続け、数々の優れた研究成果を挙げると共に、数多くの優秀な人材を新聞界、マスコミ界に送り出してきたことは、特筆しなければならない。

農業高等学校の講師

この頃のもう一つの私の思い出は、昭和二十四年の四月から二年間、農業高等学校の講師を仰せつかり、社会科の授業を担当したことである。

農業高校というのは、現在では余り知られていないかもしれないが、今の志木高等学校の前身である。大学に農学部も持たない慶應義塾になぜ農業高校があるのか、ということが奇異に感じられるのは当然である。これには理由があるわけで、ことの発端は松永安左衛門さんが、あの広大な志木の土地と東邦産業研究所を塾に寄付されたことにある。当時そこに小規模な農学校が附設されており、生徒もいるので、それを塾で面倒を見ることになった。農業教育には何の経験もない塾とて、いささかとまどいはあったようだが、取りあえず農業高校として維持することになった。

食糧難の時代のこととて、広い農場や家畜は貴重であったし、農業高校の実習で生産されるバターやチーズなどは大いにもてはやされた。迂余曲折を経て、農業高校は普通高校に変更され、現在の志木高等学校となったわけであるが、その記念祭が今でも「収穫祭」と呼ばれているところに、その名残りをとどめている。

農業高校で社会科を教えるようにと命じられたものの、私は二つの理由でいささか閉口した。その一つは、講義をするのがこれが初めてなので、どのように教えたらいいのか自信がなかったからである。それに、社会学はこれまで勉強してきたが、考えてみると社会学と高校の社会科は似て非なるものであるからであった。

とにかく、仕方なしに農高に行ったわけであるが、まず驚いたのは、ある程度予想していたものの、聞きしに優る悪童どもが多いことだった。講義内容もさることながら、それ以前に、なかなかいうことを聞かない連中に、講義を聞かせるようにするのが先決だった。年中怒鳴りつけたり、時には業を煮やしてクラスの半分ぐらいを教室の後ろに立たせたりしたものである。

私も若かったし、こんなところはいつでも止めてやるといった気持が潜在していたこともあってか、相等激しくかつ厳しい教師であったに違いない。今思い出してみても、若気の至りと申し訳なく思うことも少なくない。しかしながら、僅か二年間の短い期間ではあったが、この時の経験は極めて貴重なものであり、懐しく思い出される。

この一期、二期生の悪童どもの中で、現在社会の各方面で活躍している者が少なくないことには、誠に感慨深いものがある。同窓会などで彼等に出会うごとに感慨を新たにすると同時に、あの頃の私を思い起すのである。

いま一つ思い出されることは、当時の志木への通勤が大変だったことだ。当時池袋から出る東上線は電車の本数も少なく、鈍行で時間もたっぷりかかった。おまけに、行商の小母さんたちが、魚臭い石油缶などをかかえてわが物顔に乗ってくるような状態であった。そのために志木へ行くことが、一層億劫に感じられたのである。

最近、志木に行って、志木高等学校となって全く面目を一新した農高の姿、かつての面影が殆ど見られないまでに激変し、都市化した周辺の状況、それにスマートになり、高速化した東上線の状態等に接すると、あの頃のことがいろいろと脳裡によみがえってくる。正に今昔の感に耐えないものがある。

時事新報社への内地留学

マス・コミュニケーションや新聞を研究する者がその現場を全く知らないのでは始まらない、ということで、助手になって間もなく、時事新報社に内地留学をすることになった。週に一日、二日、学校の合間をぬって、当時有楽町にあった時事新報社に通った。

福澤諭吉の創刊になる「時事新報」は、戦前、昭和十一年十二月に「東京日日新聞」(後の「毎日新聞」)と合併という形式で、廃刊となっていた。戦後、昭和二十一年元日をもって、慶應義塾社中の熱意を背景に復刊された。その中心は板倉先生で、社長板倉卓造、編集局長近藤操、総務局長狩野政夫という布陣でスタートした。しかし、戦後の極めて逼迫した状況の下で資本、設備ともに十分ではなかっただけに、その運営には非常な困難が伴っていた。

ただ、伊藤正徳氏のいうように、「主筆板倉卓造の論説が、民主主義の本山に拠って天下を指導するの概あり、その卓説は漸次内外に認められて、不評の時事を一管の筆に守り、徐々に名誉を回復して行ったことを特筆しなければならない」のである。かつて、福澤諭吉の論説によって「洛陽の紙価」を高からしめたことが、再び板倉卓造の論説によって行われたというべきであろう。そこに、「時事新報」の伝統が脈々と生きていたともいい得る。

時事新報社に出入りしているうちに、その苦しい事情が次第に判ってきた。設備、人員ともにかなり劣勢で、その点からは他の日刊全国紙とまともに競争できるような状況にはなかった。

例えば、当時の吉田茂首相は、いわゆるワンマン道路を高速で大磯に帰るが、他社の車がこれを追尾できても、時事新報社の車はパワーが劣るためにそれを断念しなければならなかった。一事が万事で、「時事新報」は多くのハンディキャップを背負いながら、その輝かしい伝統を維持するために苦闘を続けていた。

このようにして、板倉さんを初めとする、義塾社中の多くの人たちの願いと努力ともにかかわらず、「時事新報」は次第に衰退して行った。正しく狂瀾を既倒に廻《めぐ》らすすべもなく、昭和三十年十一月に「産業経済新聞」と合併し、題字に「産経時事」を僅かに残すという形で、再び廃刊の運命をたどった。

それはともあれ、この内地留学によって、私は板倉さんはもちろんだが、近藤操、さらには伊藤正徳といったすばらしい論客、ジャーナリストと親しく接触する機会を得たことは、大きな幸いであった。この間に、真のジャーナリズム、言論のあり方について多くのことを学び、考えることができた。それがその後の私のマス・コミュニケーション研究の展開にいかに寄与したかは、測り知れないものがある。

こうした体験の中で、もう一つ忘れられないのは、当時の政治部長川田秀穂さんと永田町記者倶楽部のことである。というのは、現場の実情について主に指導していただいたのは川田さんであるし、新聞記者としての実体験をしたのは永田町記者倶楽部だったからである。

川田さんには、新聞記者の心得のイロハから教わったし、新聞編集の実態、新聞社の仕組などについても多くの知識を与えられた。永田町記者倶楽部で、私が臨時加入を認められ、首相官邸や国会に新聞記者として自由に出入りできるように、取り計らってくれたのも川田さんだった。

だが、川田さんに伴われて、最初に首相官邸の記者倶楽部に行った時、まず教えられたのが「オイチョカブ」というばくちであったのには、さすがに度肝を抜かれた。記者倶楽部では「オイチョカブ」や賭け麻雀は日常のことであり、時には国会議員も加わっていた。麻雀も一回限りの勝負で、打っている回りにはそれを種に馬を買って争っている者もいる、といった状況である。これはいつ記者会見や発表があっても、どんな事件が起きても、すぐに対応しなければならないからだという。

このような記者倶楽部の活動を通じて、さまざまな記者倶楽部の側面や問題点を知ることもできた。また、政界の裏面やマスコミ界と政界との関連などについても、多くの示唆を与えられた。

最後に、一つの忘れ難いエピソードを記しておこう。ある時、記者倶楽部で親しくなり、私が大学から来ていることを知っている某大臣が、「これから銀座に食事に行くが、一緒に来ないか」

とのたまった。喜んでお伴をし、昼食を御馳走になった後で、「それじゃ、これで……私はマイクを買いに行くからね」という大臣と別れた。

後で振り返ってみると、これはこの大臣の大変な好意で、国会解散を示唆してくれていたわけである。もう少し政局の動きを十分にフォローし、鋭い洞察力を持っていたならば、解散をすぐ察知できた筈である。後になって、本職の記者に話したところ大笑いされたが、すべて後の祭りであり、素人のなさけなさを痛感したことであった。

CIEのアドヴァイザー

助手になって暫くして、米山先生や経済学部の助手であった福岡正夫君と共に、GHQ（連合国軍総司令部）のCIE（情報教育局）社会調査部に、アドヴァイザーとして加わることとなった。もちろん非常勤であったが、週に二回程度、当時内幸町にあったNHKの旧本館を接収して設置された社会調査部に出勤した。主たる仕事は、CIEが行う各種の社会調査や世論調査の企画立案に参画したり、その結果を分析することであった。

これによって、アメリカにおける最近の社会学、文化人類学、社会心理学の動向を知ることができた。ことに、もっとも斬新な社会調査、世論調査の手法を学べたのは、それからの私の研究に大きなプラスとなった。

しかしながら、それ以上に私のマス・コミュニケーション研究の進展に決定的なインパクトを与えたのは、次の二つのことであると思う。その一つは、その頃では全くといっていいほど入手が困難であった、新しい文献、資料を読むことができたことである。その二は、社会調査部のスタッフであった、アメリカの新進気鋭の多くの研究者に直接接する機会を得たことである。

大学の研究室でも、その頃は海外の最近の研究書や文献を購入することは極めて難しい状況にあった。まして、個人的にそれらを入手することは、外貨事情等からして不可能に近かった。そんな時に、社会調査部に整えられている豊富な文献、資料は本当に貴重なものであった。まして、私が目指しているマス・コミュニケーション研究の分野では、国内に殆ど文献らしい文献が無いといっても過言ではない状況で、マス・コミュニケーション研究の先進国アメリカの多くの文献、資料に接することは、正しく干天に慈雨を得た感であった。

仕事のかたわら暇さえあれば、世論、社会調査、マス・コミュニケーションなどに関する文献、資料をむさぼるように読み漁った。これが私にどれほどのインパクトを与え、私の研究にどれほど大きく寄与したかは、測り知れないものがある。

また、社会調査部のスタッフとして来日していた研究者たちには、後にアメリカのいろいろな大学に散って、著名なジャパノロジスト、社会科学者となった若手の研究者が少なくなかった。ハーバード・パッシン（コロンビア大学）、ジョン・Ｃ・ペルツェル（ハーバード大学）、イワオ・イシノ（ミシガン州立大学）など、私が後にアメリカに留学した際に非常に世話になった人たちも含まれている。

ところで、これらの人たちの多くが極めて流暢な日本語を話すのに感服した。聞けば、彼等は戦争中にずっと軍のランゲイジ・スクールで日本語を学んできた、ということである。戦時中でも、戦後に備え、占領を予想して周到に日本語教育を行っていたわけで、英語を敵性語として真向から否定していたわが国の態度と比較して、あらためて驚かされたのである。

こうした人たちと連日のように、語り合い、アドヴァイスを受け、議論を闘わしたことは、本当に貴重な経験だった。私の研究の展開に大きな影響を与えたのみならず、私の物の考え方にまで強いインパクトを与えたことは否定できない。

余談であるが、この時に彼等にすすめられて覚えたのがコカコーラの味である。最初は何か薬臭いような不思議な味の飲物だと思い、しぶしぶ飲んだ。ところが、飲み馴れてくると段々旨くなってくる。その頃には、もちろん一般には手に入らないもので、占領軍の施設の内部だけで売られていたものである。

それはともかく、私が一九六〇年にハーバード大学に留学した時、ハーバード・イエンチン研究所の所長は、後に駐日大使となったエドウィン・ライシャワー教授であったが、その下にペルツェル教授がいた。彼のお陰で私のハーバードでの生活は大変快適なものとなった。彼には無理を言って、随分便宜をはかって貰ったものである。

イワオ・イシノ（石野巌）教授は日系二世で、ミシガン州立大学の教授になっていた。私は彼に会うために数度にわたって、休暇のたびにミシガン州のイースト・ランシングを訪ねた。そのために留学生の一部では、私のことを「ミシガン特急」といっていたようである。私がイシノ教授を訪ねたのは、CIE当時の誼《よしみ》もあるが、彼から私の研究を含めていろいろな貴重なアドヴァイスが得られたからである。事実、彼の助力で私の留学生活は極めて豊かなものになった、と感謝している。

日本新聞学会の創立

私が日本新聞学会（現在の日本マス・コミュニケーション学会）の創設にかかわったのは、まだ助手だった時である。

その頃、東京大学の小野秀雄教授（慶應義塾大学新聞研究室の講師）を中心に、新聞研究、マス・コミュニケーション研究に関心を持っている人たちの間に、学界を設立しようという気運が盛り上ってきた。まだまだ、この領域の研究者は数が少なかったが、小野さんを初めとする何人かの熱心な研究者によって、それが推進されていた。そうして、昭和二十四年十月三日に、新聞週間の行事の一つとして行われた新聞学術講演会において、学会設立の動議が有志から提案されたのが、その直接のきっかけとなった。

それ以後、何回かにわたって設立準備の懇談会が重ねられ、昭和二十五年十月四日にようやく学会設立準備小委員会の発足をみた。さらに翌二十六年二月二十四日に至って、第一回設立発起人会が催され、学会設立の運びとなった。六月十六日に、朝日新聞東京本社の講堂において、創立総会および発会式が挙行されたのである。

前に述べたように、私はまだ一介の助手に過ぎず、平井隆太郎（後の立教大学教授）、岩倉誠一（後の早稲田大学教授）君らと共に下働きを仰せつかった。ところが、米山先生の驥尾に付いて走り廻っているうちに、学会設立準備小委員会に加わり、さらに設立発起人会の一員として、直接日本新聞学会の創立に参画することとなった。そして、学会創立当初から、学会監事に選任され、学会の運営に携わることとなった。

私の専攻分野からして当然のことかも知れないが、それ以来一貫して日本新聞学会とは深いつながりを持つこととなった。昭和三十八年からは十数年間にわたって理事に選任され、昭和五十四年からは二期四年間会長を勤めた。たまたま私の会長在任中の昭和五十六年に、学会創立三十周年を迎えることができたことは、非常に嬉しいことであったが、ことさら深い感慨を抱いた。

設立当初を顧みると、新聞あるいはマス・コミュニケーションに関して、何らかの講座ないしは研究教育組織を持っている大学は十指に満たない状況にあった。当初の学会の会員数は、賛助会員三十二名、正会員百九名、準会員二十一名、合計百六十二名であったが、そのうち大学在籍の会員は僅かに三十七名に過ぎなかった。口さがない人たちから、「開業医の学会ではないのか」と揶揄されたことを思い出す。

しかしながら、その後のマス・コミュニケーションは、情報通信技術の飛躍的な進歩を背景に、極めてめざましい発展を遂げ、驚くべき変貌を示してきた。それに伴って、マス・コミュニケーションに関する研究も、次第に領域を拡大し、多様性を増してきた。また、そうした研究の重要性はますます増大し、学会の役割もいよいよ大きくなってきたように思う。

こうした状況に対応して、日本新聞学会は平成三年に「日本マス・コミュニケーション学会」に改称され、平成十三年には、学会創立五十周年を迎えた。今日では、マス・コミュニケーションないしはコミュニケーションに関する講座を設置していない大学を見つけるのが困難だ、と思われるまでになってきたし、学会の会員数も千四百名になんなんとするに至っている。

日本新聞学会がかろうじて呱々の声を挙げて以来、約半世紀の間に誠にめざましい発展を遂げてきた軌跡をたどる時、あらためて感慨を新たにせざるを得ない。学会創立に参画し、一貫して学会の進展を見守ってきた私は、ことさら深い感激を覚えるのである。

7　助教授時代の思い出

無我夢中の初講義

私は、昭和二十六年一月一日付という全く異例の日付で助教授に昇進し、その四月から早速講義を持つこととなった。法学部政治学科では「マス・コミュニケーション論」を、新聞研究室では「新聞原論」を開講した。

あの頃は戦後の混乱期で、異例のことが珍しくはなかった。私の助教授昇進もそうで、日付もそうならば、専任講師という段階を飛び越えて、いきなり助教授というのは、当時において余り例のないことだったと思う。

戦後の混乱期を漸く脱却するきざしが見え、慶應義塾も多少とも復興の緒につき始めたものの、すべての面で不備、不足であったことは明らかであった。法学部においても平常な状態での教育にスタッフが不充分であったわけで、恐らくは私たちを早く昇進させてそれを補おうとする意図があったのだろう、とひそかに推測したわけである。

とにもかくにも、こうした事態で、心の準備も満足にできないまま対応しなければならなかったから大変だった。助手の時ならば、まだ助手ですからというエクスキューズが許されたかも知れないが、助教授となればそうもいかないことが多く、すべてに背伸びをしなければならなくなった。ことに学外に出るような場合には、助教授として扱われると、それなりに無理をして行動しなければならないわけで、決して楽なことではなかった。

異例といえば、三田の講義で「マス・コミュニケーション論」という名称を用いたのであるが、恐らくカタカナの講義名をつけたのは三田のカリキュラムで私が嚆矢であったのかも知れない。今でこそ大学の講義でカタカナや横文字のものは珍しくない。また、現在ではマス・コミュニケーションとか、コミュニケーションといっても誰も驚かないし、むしろ知らない方が不思議かも知れない。

ところが、あの頃はマス・コミュニケーションなどといっても、殆ど何のことだか一般的には理解されなかった。案の定早速教務課の係の者が飛んで来て、「一体、これは何の講義でしょうか?」、「何とか判り易い日本語になりませんか?」と尋ねられるような始末であった。いろいろと説明し、「どう考えても適切な日本語が浮ばないので、仕方なくカタカナにせざるを得ない」ということで、漸く引きとって貰った記憶がある。

博識の島田久吉先生から、「マス・メディアというが、メディアというのはメディアムの複数形だから、どう使い分けをするのか?」と尋ねられて閉口したことがある。私もそのことは知っていたので、英語の文献でも一般的にはマス・メディアムとはいわないで、マス・メディアを用いているようだ、とお答えした。

この講義が大学における私の処女講義であるが、厳密にいえばそうではない。というのは、助手になって翌年の昭和二十三年の五月頃のことだったと思うが、米山先生からいきなり代講を命じられたことがあったからである。先生からノートを渡され、「すまないが、ここからここまでを代講してきてくれ」といわれ、突然のことで驚いたが、とにかく引き受けて教室に行った。

ところが、教室に行ってみて本当に困惑した。当時、復員、復学が遅れた者が少なくないこととて、教室には予科時代のクラス・メイトがかなり出席していた。同級生どころか、よく見渡すと先輩が混っている。彼らはニヤニヤ笑いながら、中には机に頬杖をつきながら、一体何をしゃべるのかというように、ひやかし半分で私の顔ばかり眺めている始末であった。

冷汗をかくばかりで、とてもまともに講義をするような心境ではなかった。とにかく彼らの顔を見ないように天井ばかり向きながら、先生のノートを棒読みして、漸く一時間を過し、ほうほうの態で逃げ帰った。帰ってこのことを先生に報告したところ、ただ一言「それは気の毒したな」ということだった。

さすがに二度と代講は命じられなかったが、これが大学における私の本当の初講義だったのである。

これと同様に、期末試験などで試験監督に行き、元の同級生や先輩たちに大いに悩まされたこともあった。かなり大っぴらにカンニングをやっていてもどうもお手上げである。中には、「顔を知っているとまずいな」と、ささやく連中さえいた。仕方なしに、見て見ぬふりをするのに苦労したものである。

こうした連中の中に、家業が忙しいということで、仲間にリポートを頼み、故郷に帰ってしまった者がいた。ところが、単位不足で不合格となり、卒業は翌年廻しとなってしまった。しかし、本人は全くのんきなもので、その後長い間それをすっかり忘れてしまっており、大会社の社長となってからも、さまざまな書類には一年卒業年度を早く記載していた。随分あとになって、私たちから「経歴詐称だぞ」とひやかされたものである。

こうした混乱した時代のエピソードは次から次へと浮んでくるが、今となっては顧みてなつかしい限りである。

結婚と新居の建築

昭和二十七年五月十一日、私は妻の文子と結婚したが、すべて無い無いづくしの中の結婚で、結婚式も何ともあわただしいものだった。

私の両親は丹波に住み、家内の両親は北九州にいる関係もあり、何もかも私たちだけで飛び廻って準備しなければならなかった。媒酌をお願いした米山桂三先生に、私どもの両親が正式に挨拶に伺ったのも、結婚式の前日という始末で、今から考えるとすべてに行き届かず汗顔の至りである。

　私自身も一応の準備を終えて下宿に帰り、ほっとしたのがたしか結婚式前夜の十時頃だったかと思う。ところが、はたと困惑したのは、明日が結婚式だというのに、その時まで床屋に行く暇がなく、頭はボサボサでひげものび放題だったことである。仕方がないので、夜の十一時近くになって行きつけの床屋をたたき起し、わけを話して頼み込みようやく整髪して貰ったことを思い出す。

　一事が万事このような次第で行き届かざることおびただしく、各方面に多大の迷惑をかけた。当時は、都内に満足な結婚式場もなく、あったとしてもその予約が困難極りなかった。私の場合も方々馳け回ったが容易ではなく、多くの方々に依頼して漸く見つけることができたのが焼け残った上野の精養軒であった。かろうじて式場を確保したものの、その他の点でも問題は山積していた。あの頃に結婚式が行えただけでも幸せだといわれれば、それまでであるが、今思い起しても冷汗が出る。

　招待した来賓も、数名の政治学科の先生がた、数人の同僚、友人、それに極く近い親戚の者を加えた程度で、総勢で二十数名の披露宴であった。何分九州と丹波に多い親戚の者たちにしても、わざわざ東京に出てくることは、当時の状況からして簡単なことではなく、こちらから遠慮せざるを得なかった。その代りに、新婚旅行を兼ねて、私の実家と家内の実家に立ち寄り、そこでそれぞれ親類縁者への披露宴を行った。都合三回結婚披露宴を行ったということになる。

精養軒での披露宴は、今から顧みれば誠にささやかなものであったが、その代りに極めてアットホームななごやかなものであった。フォーマルな挨拶よりも、身近に面と向って談笑することが主で、それぞれに激励されたり、ひやかされたりで本当に楽しいパーティであった。島田先生たちが、「若い方は本当にうらやましいですな」と感に堪えないように、何度も言われたのが印象に残っている。

新婚旅行など殆ど行えないような状況であったが、実家に帰らなければならないということで、私たちは新婚旅行を行った。これも知人の骨折りでまず第一日目は箱根の湯本温泉に泊り、翌日は丹波柏原の実家に帰り、翌々日は家内の実家のある北九州若松に行き、それぞれに披露宴を行った。そうして、最後は家内の父が用意してくれた別府の観海寺温泉に一泊し、翌日は瀬戸内海を船旅で神戸に向い、帰京するというスケジュールであった。当時としては、かなり恵まれた新婚旅行であったかも知れない。

しかし、薄給の身の私にとっては、自分でその経費を負担することなどは到底不可能なことであった。結婚式も新婚旅行も、すべて両方の両親に頼り、脛をかじらざるを得ない、という体たらくであった。

結婚は結婚として、さらにもう一つ難題が控えていた。それは、大変な住宅難の時代に新居をどうするかということであった。八方手を尽して漸く探し当てたのが、九品仏のお寺の前の六畳と四畳半の木造のアパートであった。今からみれば誠にお粗末なものであったが、それでも新築であったのが救いだった。

こんなところにも、早速仲間や学生たちは遠慮なく押しかけてくるし、時には安酒を飲みながら夜を徹して語り明かすようなこともあった。それも私たちの青春時代の楽しい思い出の一駒であり、今でも当時を思い起してなつかしむゼミなどのOBたちも少なくない。

間もなく家内が妊娠したために次の難問が持ち上った。子供が生れればアパート住いはどうしても手狭になるので、これにどう対応するかということである。いろいろと考えたあげく、何とか住居を新築するという思い切った結論に達した。しかし、誠に情ない仕儀であるが、もちろん自分でその経費を調達する力はなく、またぞろ両方の親たちに懇請してその援助を受けざるを得なかった。

漸く現在の地に、百坪余の借地を手に入れることができた。家の新築資金を住宅金融公庫からの融資に頼ることにしたが、ここでまた予期しない難関に直面した。融資の手続きを開始して驚いたことには、私の当時の慶應義塾の給与では、予定していた僅か二十一坪程度の木造住宅でも融資を受けるには不充分である、ということが判明したのである。

これにはあきれ果てると共に、途方に暮れた。とにかく、大学の経理課に行き、建築費を貸してくれとはいわないが、せめて金融公庫から融費を受ける資格ぐらい何とか整えてくれないか、と談判に及んだものである。しかし、結局はこれも無理だということで悩んでいたところ、ある人がすばらしい知恵を借してくれた。それは、同居人を探し、それと一緒に住むということにし、二人の給与を併せれば金融公庫から融資を受ける資格が得られるに違いない、という示唆であった。

ところが、そのような名目上の同居人を探すのがまた一苦労である。自分の持家に住んでおり、将来にわたって住宅金融公庫から融資を受ける必要のない人でなければならないわけで、文学部の親しい同期の森岡敬一郎君に思い当った。交渉をしたところ、すぐに心よく引き受けてくれたが、正しく地獄に仏といった感じで全く感謝に堪えなかった。とにかく、合わせて一本ということで、彼を同居人に仕立てて漸く融資を受けることができた。

そうして、昭和二十九年の二月二日に、木造平屋建て二十一坪の小さいながらも新居を手に入れることができた。翌三月三日には長女の祥子が生れたのだから、誠にあわただしい出来事であった。夢中で強引に突っ走ったことであったが、あの頃の私にとっては正しく大事業であった。年月を経て、森岡君はすっかり忘れてしまっているかも知れないが、私にとっては大変な恩人なのである。

最後の旧制学位

私のマス・コミュニケーションに関する関心領域も次第に拡がり、研究分野も自ずから拡大してきた。そうした研究の成果については、「法学研究」「新聞学評論」「社会学評論」などにその都度発表してきた。それらをできるだけ体系的に取りまとめ、新たに書き下した論文数編を加えて、昭和三十二年一月に『マス・コミュニケーションの諸問題』を、慶應通信から上梓した。これが私の処女出版であった。

こうした研究分野が極めて新しい領域であり、この頃ではまだまとまった研究文献がわが国にはほとんどなかったこともあってか、この著作は各方面から予想以上の評価を受けることができた。東京大学の新聞研究所を初め、いくつかの大学で主要な文献として使用されるに至ったことは、望外の喜びであった。

とにかく、この著作を発表したことによって、私はわが国におけるマス・コミュニケーション研究のパイオニアの一人として、一応認められるようになった。余談ではあるが、この著作はひそかに韓国語に翻訳されて韓国の大学でも使用されていたとかで、後に私を訪れた二、三の韓国の大学教授、研究者から、これが重要な参考文献であった、と聞かされて大いに驚いたことがある。海賊版が出版されようなどとは夢にも考えなかったからである。

さらに、学内においては、この業績が教授資格論文と評価された結果、昭和三十二年四月一日付で、法学部教授兼大学院法学研究科委員に昇進を認められた。翌三十四年四月からは、さらに大学院社会学研究科の委員をも兼ね、こちらでも講義を担当することになった。いかに戦後のドサクサの時期であったとはいえ、これまた異例の昇進であったかも知れない。当時を思い起せばさまざまな思いが去来するが、とにかく無我夢中で突っ走った助教授時代であったと思う。

あの頃の旧制教授会は、新制大学に移行して後の教授会に比較して、雰囲気はかなり異なっており、何か厳しいものが感じられた。並居る教授は、それぞれに風格豊かな大先輩であった。ことに戦争の影響もあって、私の指導教授の米山先生と私達の間には二十年近い開きがあり、その間には中村菊男、内山正熊両教授と社会党の代議士となった松本七郎さんがいただけで、一年先輩に石川忠雄君がいるといった状況であり、教授会といえば雲の上のような感を免れなかった。

新米教授としては、どうしてもろくに口もきけないような気持であったが、思ったほどには堅苦しいものではなく、温く迎え容れられてほっとしたのが偽らざるところであった。席順もとくに決っているわけではなく、暫くするとすっかり馴れてしまった。後に仄聞したことであるが、新米教授は入口のドアの近くに席が決っており、ドア番がその仕事である、というような東京大学法学部の教授会などの雰囲気とは、雲泥の差であったようである。

あの頃、大学制度が旧制から新制へと大きく切り変り、それに伴ってさまざまな変革が行われたが、学位制度もその一つであった。旧制の学位は大学令による大学の教授会によって実質的には審査されるものの、最終的には文部省に申請しその認可を受けなければならなかった。これに対して、新制の学位は各大学において独自に審査し、学位を付与することが認められるが、その学位にはその大学名を明記することとなった。

たまたまその過渡期で、旧制学位を取得できる期限が、たしか昭和三十五年三月末ということで、慶應義塾にあっても旧制学位を得ようとする者は早急に学位論文を提出するように、という通達が出された。

正直なところ、当時私は学位請求論文を提出するなどということは、全く考えてもいなかった。それまでは学位を取得するには自ずから序列があり、先輩の先生がたが取っていないのに先に提出することをはばかるような風潮があったことも事実である。しかし、この時は最後の期限が決っているので、そんなことには関係なく早急に提出せよということであった。

私も意を決して、「マス・コミュニケーションの諸問題」を主論文とし、「テレビジョンと政治」、「ラジオに対するテレビジョンの影響」、「テレビジョンと印刷媒体」という、私がとくに関心を持って研究していたテレビジョンの影響に関する三論文を副論文として、法学部教授会に提出した。

米山桂三先生を主査に、島田久吉、伊藤政寛両先生を副査に審査が行われ、昭和三十五年三月十八日付で法学部教授会を通過した。次いで、文部省に手続が取られ、最終的に法学博士の学位が授与されたのが、ぎりぎりの三月三十一日付であった。ちなみに、私の学位番号は、法学博士第三千六百八十四号である。

私だけではないが、これが旧制学位の最後のものであり、その意味では、歴史的な意味を持っているとも言えないことはない。

8　ハーバード大学留学

留学決定まで

研究が進むにつれて、どうしても海外に留学する機会を得て、さらに研究を発展させたいという願望が次第に募ってきたのも当然であろう。ことに、私が専攻しているマス・コミュニケーション研究の分野では、当時アメリカが最も先進的な状況にあり、それを知るにつけ、やはり直接留学して研究したいという気持が強まってくる。GHQ時代に社会調査部で共に仕事をしていたアメリカ側のスタッフの多くが、帰米して各大学に散って、それぞれに研究に携わっていたが、その連中からの情報やサジェスチョンが私の気持にさらに拍車をかけた。

しかしながら、現在とは違って、あの頃では留学の機会を得るということは決して容易なものではなく、よほど幸運に恵まれなければ不可能であった。わが国の海外に留学生を派遣する制度はまことにささやかなものであり、フルブライト留学生制度などの留学生受け容れの制度も極く限られたもので、かなり難関であった。

私費で留学しようとしても、当時の厳しい為替管理の下にあっては、外貨を獲得することが極めて困難であった。しかも、公定レートで一ドルが三百六十円であり、闇レートともなれば四百円という時代のこととて、自費ともなれば莫大な経費を必要とした。

慶應義塾においても、乏しい財政の中から漸く義塾派遣留学生の制度が復活したが、その人数はたしか一年に一学部一名程度で、極く限られたものでしかなかった。戦争のためにこの制度が暫く中断していたので、留学の機会の得られなかった先輩が数多く残っている。ひそかに勘定してみると、私の順番が廻ってくるのに何十年もかかることになり、これを待っていてはまず絶望的であることが判った。

したがって、残された道は、海外からの招聘留学生の口を自ら探し、奨学金を獲得して留学するということであった。そこで、私も手当り次第といっていいほどにいろいろな制度にアプローチし、片っ端から申請を試みた。なかなか思わしい結果が得られなかったが、漸くにしてたどり着いたのが、ハーバード大学のハーバード・エンチン研究所の Visiting Scholars Program であった。

ハーバード・エンチン研究所の当時のボスは、後に駐日大使となったエドウィン・ライシャワー教授であり、ディレクターはかつてGHQで一緒に仕事をしたジョン・ペルツェル教授だった。また、このプログラムは日本、韓国、台湾のいくつかの大学から訪問研究員を受け容れていたが、すでに塾からも二、三の先輩がこのプログラムによって留学を果たしていた。こうしたことが幸いしてか、私もこのプログラムで招かれることになった。

しかし、最終決定に至るまでには、なおいろいろと曲折があった。ことに、中間報告で経過が知らされてきた時に、その文面に「あなたの見込みは moderately good だ」というのがあったのには閉口した。というのは、それがどの程度の可能性を意味しているのかよく判らないし、英語の先生がたや身近のアメリカ人たちに聞いても、それがどの位の確率なのかを適確に判断できない、ということだったからである。結果として合格したわけだから、それなりによかったのだろうと思うが、今もってその適確な意味は判らない。

昭和三十五年七月に渡米することになったが、この頃は船ではなく、ようやく航空機による渡航が許されるようになった。その点ではよかったのだが、実際に羽田を出発するまでには、なお一騒ぎがあった。

ハーバード大学から送られてきたのが、ボストンまでの航空券と、途中ハワイの事務所に出頭した時に最初の経費を支給する、という一片の通知であった。それまでは正しく嚢中無一文という状態で、本当にハワイで最初のスタイペンド（stipend）を手に入れられるかどうかいささか不安であったが、友人や親戚からかき集めた僅か二十ドルそこそこのドルを手に羽田を出発した。

どこで聞いたのかは知らないが、私が留学するとなると、各航空会社から自社の便を使用して貰いたいとのアプローチがしきりにあり、競争の激しさを知らされた。たまたま、私のゼミナールの卒業生で日本航空の国際線のパーサーになっている者があり、彼からも早速勧誘がきた。そこで、結局は、彼がハワイ経由でロサンゼルスまで乗務するというので、その便を利用して飛ぶことにした。何しろ初めての渡米であり、彼のアドヴァイスを期待していたのも偽わらざるところであった。

出発に際して、当時の高村象平塾長のところへ挨拶に行ったところ、「余りしゃっちょこばらずに、折角の機会だから、日本ではできないことをやってきたまえ」といわれたことが、何となく印象に残った。その故ではないが、留学生活を続けている間に、その意味が判るようになってきたし、本来の研究の他に、好奇心にまかせていろいろなことに首を突っ込むことになったことも事実である。

出発に際しては、学務理事の気賀健三先生がわざわざ羽田空港まで見送りに来られて、「これが私の学務理事としての初仕事だよ」といわれたのには恐縮した。当時は、留学が非常に珍しい時のこととて、今から思えばすべてが大げさであった。空港には家族はもちろん、ゼミナールのOBや学生たちなどが多数見送りに来てくれ、「万歳」で送り出される始末で、学徒動員で出征した時の状況をあらためて思い起させられた。

ボストンへの道のり

今でこそニューヨークまではノンストップの旅であるが、当時は誠に長い道のりであった。航空機による渡米が許されたものの、あの頃の最優秀機といわれたDC6Bは双発のプロペラ機で、太平洋も三段飛びでなければアメリカ本土にとどかない。私の搭乗した日航機もそれで、羽田をテイクオフして、まずウェーキ島に給油のために立ち寄り、それからホノルルに向い、そこで一泊する。

翌日、アメリカのサンフランシスコに飛び、そこで一泊し、日航機と別れて国内線に乗り換えて、さらにロサンゼルスに向った。ロサンゼルスに一泊し、翌日シカゴを経由してニューヨークに飛び、そこでさらに一泊した。その翌日に漸くにしてボストン空港に降り立ち、ケンブリッジに到着することができた。立ち寄ったウェーキ島の海岸には、まだ赤錆のまま放置されていた旧日本海軍の艦艇の残骸があったことを思い出す。船旅に比較すればともかく、まことに長い道のりであったが、今昔の感に堪えない。

サンフランシスコに着き、いよいよアメリカ大陸に第一歩を印したわけであるが、その時の第一印象はとてつもない広大な国だということであった。日本はよくもまあこんなとんでもない国と戦争をしたものだ、ということをあらためて痛感させられた。この印象は大陸を横断してボストンまでの旅を続けるにつけ、またその後アメリカでの生活を送るにつれて、ますます強まって行った。何かにつけて、そのスペイスの広さにはまず圧倒されてしまった。

うまく通じない英語をあやつりながらニューヨークに到着したその夜、十数名の塾員が集まって早速歓迎会を開いてくれたのには、感激すると共に塾の有難さをしみじみと味わった。塾の先生が来られるのは本当に珍しいので、われわれもそれを口実に集まったのだといわれ、さらに嬉しくなった。

その中には後に親しくなったり、大変世話になった何人かの塾員が含まれていたが、宴が終って帰る際に、当日のニューヨーク三田会の会長がささやくようにいった言葉が、私の心を強く捉えた。それは、「先生、どうせ留学費は潤沢ではないでしょう。もし、本当にお困りになった時には、多少のことは御用立てできますから、遠慮なさらずにお申し出下さい」という、本当に有難い言葉だった。

地獄に仏といえば多少オーバーになるが、この言葉が私を大変勇気づけてくれた。実際にハーバードでの留学生活を続けるにつれて、この言葉は一層身に滲みてきた。それに甘えて何か事あるごとにニューヨークに飛び、借金を重ねることになったわけだが、そのお陰で私の留学生活が非常に豊かなものになった。と同時に、留学を終えた段階でとんでもない負債を背負い込む結果となり、その返済に四苦八苦することとなった。

長旅の末に漸く目的地のケンブリッジに到着し、翌朝早速ハーバード・エンチン研究所を訪ねて所定の手続を行った。それを終えたところで、すぐに銀行に行って口座を開設するように指示された。スタイペンドを払い込む預金口座（saving account）は当然としても、同時に小切手口座（checking account）も開いてこいというのにはいささか驚いた。

一瞬とまどって、思わず「今日本から来たばかりの私でも小切手口座を開いてくれるのか」と尋ねた。大丈夫だということで銀行に出向いたが、すぐに開いてくれた。一週間ほどして小切手帳が送られてきた。その後、アメリカで生活してみて、小切手の重要性が理解された。現在のようにクレジット・カードの時代ではなかったから、現実には現金よりも小切手が多用されており、小切手が切れなければ生活が著しく不便なことはすぐに判った。同時に、何よりも信用を重視するお国柄であることも痛感させられた。

もう一つの問題は住居であった。研究所でいろいろと紹介してくれたボーディング・ハウス（下宿）には、なかなか気に入ったのが見付からない。他の連中は皆んなボーディング・ハウスに入ったが、私だけが狭くてもいいからアパートがないか、と我儘をいったために、暫くはホテル住いをする仕儀となった。それでも熱心に探してくれた結果、研究所から至近距離のところに漸く手頃なアパートが見つかり、入居することができた。

しかしながら、アパートの家賃は当然ボーディング・ハウスよりかなり高く、月額僅か三百ドルの私のスタイペンドでは割り高であったことは間違いなく、贅沢だとの誇りは免れなかった。このことは、いろいろと機会あるごとに旅行に出かけたことと共に、私の貧乏留学生活を一層圧迫し、借金をかさませた大きな要因であった。とはいえ、アパート住いであったために、週末ともなればいろいろな留学生たちの溜り場となり、また、アメリカ人の学生たちとの交流の場となり、楽しい留学生活を送れたことも否定できない。

この頃の思い出の一つに、まだ住居も決らないうちに、すぐにナイアガラ瀑布に出かけたことがある。名古屋大学から留学していた若い留学生から、ガソリン代をシェアしてナイアガラに行く相手を探しているのだが、という誘いを受けて、まだ大学が始まるまでに時間があったので、これに応じることにした。数日いろいろな体験をしてケンブリッジに帰ってきたところ、「よくもまあ彼と一緒に旅に出かけたな」とある人からからかわれた。「どうして?」という質問への答えは、「彼は一週間程前に運転免許を取ったばかりで、それを知っている者は誰も同行しなかったのだ」ということであった。

これを聞いてさすがに驚いたが、後の祭りである。しかし、その後留学中に機会あるごとに好奇心にまかせて方々を正しく流浪した私の行動の一端が、すでにこの段階から芽生えていたのかも知れない。全く無謀といわれればそれまでだが、留学中に研究のほかに、こうしたいろいろな冒険を試みたわけで、それも私のその後の生活の大きな糧となったと思っている。

ケネディとTVディベイト

ハーバード大学で留学生活を始めて間もなくのことであるが、非常に興味ある出来事にでくわした。それは、かのJ・F・ケネディの大統領当選とその選挙に際してのテレビ討論である。私が留学した一九六〇年は、たまたまアメリカの大統領選挙の年であったが、この時に初めて選挙運動にテレビ討論が導入され、大統領選挙でのテレビの役割が注目されたのである。

私も大統領選挙というだけではなく、自分の研究しているマス・コミュニケーションと重大な関係があることから、これには非常な関心を抱いた。前後四回にわたるケネディ、ニクソン両候補のテレビ討論の番組を、すべて視聴した。私ももちろんいろいろな印象を持ったが、何分アメリカでも最初の試みであり、各方面でこのテレビ討論が異常な興味をもって受け止められ、さまざまな論議を呼んだことは事実である。

ハーバード大学のファカルティ・クラブなどでは、テレビ番組が教授たちの話題にのぼるようなことはまずない。ところが、この時だけは全く例外で、テレビ討論が行われた翌日のファカルティ・クラブは、これについての論議で持ちきりであった。私もいろんな連中から意見や感想を求められたものである。

このテレビ討論に対してはさまざまな見方があったが、一般的にはこの討論の成功によって、無名であり若い四十二歳の新人であるケネディが、老練なニクソンを破って当選することができた、という評価であった。たしかに、これはアメリカの大統領選挙史上において画期的な出来事であったのみならず、選挙におけるマス・コミュニケーションの、とくにテレビの役割を追求する点でも極めて重要な出来事であった。事実、これについてのいろいろな研究がなされたが、昭和三十七年には Sidney Kraus, THE GREAT DEBATES, Backgraund-Perspective-Effects, 1962 が発表され、詳細な分析がなされている。ちなみに、昭和三十八年には、NHK放送学研究室でその日本語訳『大いなる論争』を刊行したが、私もその翻訳に加わった。

とにかく、一人の視聴者としても、また一人のマス・コミュニケーション研究者としても、このケネゲィ、ニクソンのテレビ討論を直接、つぶさに視聴することができたのは、誠に貴重な経験であり、今でもその印象は脳裡に深く刻まれている。とくに、僅かその三年後に、ケネディが非業の死を遂げただけに、その印象はことさら強烈に感じられるのであろう。

ケネディは、あの就任演説で、「祖国が君に何をしてくれるかを問わず、君が祖国に対して何ができるかを問え」という有名な名文句を述べて颯爽と登場した。彼の登場が沈滞気味であったアメリカのみならず、全世界に新風を吹き込んだ。たしかに、この若い行動力のある大統領の出現が、全米に興奮を巻き起し、何か新しい大きな希望を与えた感があったことは、当時の私の実感であった。

ところが、それから僅か三年後の一九六三年の十一月二十二日に、彼は遊説先のダラスにおいて凶弾に倒れた。彼の華々しい登場から三年で悲劇的な最後を遂げるという、誠に数奇な運命をたどったことが、ことさらケネディへの思いを募らせることは間違いない。しかし、私にはそれ以上にケネディへの強烈な感概を抱かざるを得ない理由がある。

たまたま、私はその年の十一月二十三日に行われる、日米間のテレビ衛星中継の実験放送の解説を依頼され、NHKのスタジオにいた。ところが、番組が始まって間もなく、ケネディ暗殺の生々しい映像が送られてきた。こうした番組ではあらかじめ綿密な打ち合せを行い、詳細なコンテに従って放送されるのが常であるが、この時ばかりはすべて御破算となり、急遽アドリブで進行された。もちろん生放送でもあり、私も非常に驚くと共に、大あわてで対応したことを覚えている。はからずも衛星中継の威力をまざまざと見せつけられたわけであるが、極めて強烈な印象を与えられた。

私がしばしば、「私はJ・F・ケネディ大統領の初めと終わりを知っている」というのは、こうしたことによる。いずれもテレビを通じてではあるが、ケネディがテレビ討論を通じて華やかに登場した頃の状況と、彼がダラスにおいて凶弾に倒れる実況とを、つぶさに目撃し、極めて深い感慨を持っている、という意味においてなのである。

ケネディ大統領の当選にまつわる、もう一つのエピソードをつけ加えておこう。それは、ケネディが当選して、そのスタッフにハーバード大学から十数名の教授たちが馳せ参ずることが明らかになった時、ハーバード大学の新聞「ハーバード・クロニクル」に、「これでハーバード大学は壊滅するかも知れない」と、この事態を皮肉った記事が掲載された。ところが、「いや、それは大丈夫だ。なぜかといえば、アイゼンハワー・アドミニスレーションから、これこれの数人の人たちが帰ってくるだろう」という反論が、同時に掲載されていた。

もちろん、これは一種のパロディである。しかし、アメリカにおいてはアドミニストレーションと大学とが極めて密接な関係にあるということを物語っている。日本の政界と学会との状況を顧みて、大きなへだたりがあることをあらためて痛感させられたのである。

諸州遍歴

私が留学中に心掛けたことの一つは、でき得る限り実際に各地を旅行し、見聞を拡げることだった。好奇心の赴くままに、機会あるごとに諸州を飛び廻った。その結果、私がアメリカを去る時には、現実に地上に足を印した州が合計で二十五にも及んだ。

とにかく、アメリカは広大な国であり、私の居たマサチューセッツ州の人たちの中にも、自州以外に出たことがないという人たちは少なくなかった。まして中西部に行けば、海を見たことがないなどというような人たちはざらであった。こうした状況であっただけに、私の行動はアメリカ人たちすらいささか驚かせたようであるし、私もこれを自慢の種としたものである。

方々に旅行したが、とくにミシガン州には度々赴き、ミシガン特急とまでいわれた。それは、当時ミシガン州立大学には、CIEで一緒に仕事をしたことのある日系二世のイワオ・イシノが教授となっており、家族ぐるみで親しくしてくれたし、貴重なアドバイスを与えてくれたからである。

ミシガン訪問でもいろいろな体験をもったが、アメリカ人の律儀な一面を知らされたことがある。それはランシング市と大学のあるイースト・ランシングは双子のような都市で、車で僅か五分ぐらいの距離しか隔っていない。ところが、イースト・ランシングはドライ・シティであって、バーやキャバレーの類は一切存在していない。酒が飲みたければ隣のランシングに行くがいいということで、頑固に禁酒のレギュレーションを守っている。

こうしたことは、アメリカの方々でお目にかかることではあるが、大変面白く感じられた。ハーバード・スクェアの酒屋で、週末の酒を買い忘れて、土曜日に酒を売るように談判して断わられている日本人の姿も、時々目にすることがあった。日本流に、「まあ、そういわずに、そこを何とか」という具合には行かないのである。

その頃、ハーバード・メディカル・スクールでティーチング・フェローをやっていた医学部の後輩と知り合った。後にニューヨーク大学の医学部教授となった男であるが、体調の悪い時など医学的なことを英語で表現するのは私たちには容易でないだけに、日本人の医師が身近にいることは大変心強かった。

それぱかりではなく、やはり塾の仲間という誼で親しくなり、彼の車でいろいろなところに旅行した。とくに、一週間ばかり、余り日本人の行かないような田舎を弥次喜多道中をしたのは楽しい思い出として残っている。

ハイウェイを外れて立ち寄った田舎町には、西部劇さながらのたたずまいの宿屋が多く、そこの居酒屋はその小さなコミュニティのセンターであった。夜ともなれば、ガンマンこそいないものの、三三五五近隣の実に人のいい人たちが集まってくる。われわれも一緒になって酒を酌み交し、談笑することもしばしばだった。西部劇を彷彿とさせるような状況が、こうした地方にまだ生きていることに、アメリカの一面を見た。

塾員といえば、JALのボストン事務所にも後輩が勤務していた。彼は後に、北海道の航空会社「エアードゥ」を立ち上げた人物であるが、あの当時は私のゴルフの指南番であった。休日ともなれば、彼の誘いでしきりにゴルフ場通いをしたものである。そのお陰で、殆どビギナーであった私も、アメリカを去る時には人並にプレーできるまでにはなった。

貧乏留学生の分際でゴルフといえば、あるいは贅沢だといわれるかも知れない。しかし、アメリカでは日本とは大変事情が違っていて、むしろゴルフは一番安い遊びであった。当時、パブリック・コースのグリーン・フィーが一ドル五十セント、手引きのカートの借り賃が五十セントで、とにかく二ドルで一日プレーできる。こんなに安くてできるレジャーは、他に見当らなかった。水割一杯が六十セントか七十五セントという時代であるから、その安さが領けよう。

しかも、車で二、三十分も走ればいくつものパブリック・コースがある、という簡便さである。夏場ともなれば、ニューイングランド地方では日没は九時頃であり、四時頃まで研究所にいてそれから出掛けても、ゆっくり一ラウンド廻る会裕があった。

別に本来の研究を疎かにしていたとは思わないが、単身留学であれば、家族をケアする必要もないし、雑用や来訪者にディスターブされることも殆どない。したがって、日本にいる時に比較すれば、十分に研究も捗るし、旅行や他の活動をエンジョイする時間にも十分に恵まれている。これが留学生活の大きなメリットかも知れないが、私も大いにそれを利用することができたと思う。

機会あるごとに旅に出掛けたのだが、その中でもっとも印象に残っているのは、昭和三十六年のイースター・ヴァケーションを利用して、二十日間ほど行った南部諸州への遍歴である。ニューヨーク、ワシントンを経由して、リッチモンド、アトランタ、ニューオーリンズ、ダラス、ヒューストンなどを、主として列車によって馳け巡った。

この旅行を通じて、あらためてアメリカの広大さと多様性を痛感させられた。とくに、南部は特殊な地域であり、私が訪れた頃はまだ厳しいセグレゲーションが存在しており、時には目を覆いたくなるような光景にも直面した。

ケネディの掲げた大きな政策の一つが人種差別の廃止であったことも、南部の現実を目の当りにしてはたしかに頷ける。ケネディの登場以来、パブリックなレベルでの人種差別はかなり是正されてきていた。しかし、私の訪れた当時は、南部諸州ではなお明確な制度的な差別が存在していた。

列車の駅の待合室などでは、依然として「カラード・ウェイテング・ルーム」と「ホワイト・オンリー」が区別されていた。バスの席も黒人席と白人席とに分けられており、公園の東屋やベンチにもはっきりと「ホワイト・オンリー」と表示されているものも少なくはなかった。例のミシシッピーのショウボートも、黒人の乗客としての乗船は認められていなかった。

日本人はどちらの席に行くべきか、とわざと聞いてみたことがあるが、黙って白人席を指差した。ハーバード大学で知り合ったセグレゲーションの研究者によれば、黒人を抑圧するために黄色人種は白人に含めているのだ、ということであった。人種的な偏見を余り持っていないつもりの私は、何とも複雑な心境に陥らざるを得なかった。

こうしたパブリックなレベルでの人種差別は、今日では殆ど撤廃されていると思う。しかし、底流では依然として陰湿なセグレゲーションが存在していることは、想像に難くない。

それ以上にやりきれない思いをしたのは、黒人同士の間の差別であった。十六分の一の混血で外見は白人と余り変らなくても、黒人として扱われる。列車の食堂車などでウェイターとして働いているのは、混血度の低いより白い黒人であり、モップを持って床掃除などをしているのは、より黒い黒人であった。ところが、そのより白い黒人がより黒い黒人を殆ど足蹴にせんばかりに扱っている姿をしばしば目撃した。何か悲しい人間の業を感じて、暗然としたことであった。

ニューヨークのハーレムで慄然とするような体験をしたこともある。ニューヨークには、私は借金するために行くこともあったが、そればかりではなく、多くの塾員に会うこともその目的の一つであった。当時、共同通信社のニューヨーク特派員であった、新聞研究室の後輩の西山武典君もその一人であった。時差の関係で夜になると特に忙しい彼を訪ねて、しばしば悩ませたものである。

また、教え子であるフォト・ジャーナリストが、結婚してニューヨークに住んでいた。たまたま彼女を訪ねた時のことであるが、たしかコロンビア大学の学生であったと思うが、彼女の夫君に誘われて、真夜中にハーレムに出向いたことがあった。ハーレムで黒人たちが辻説法をやっているそうだから見に行かないか、という誘いに応じたわけである。

何でも二派に分かれて論争をしているということで、一派はわれらが祖国アフリカに帰ろうと主張し、もう一派はアメリカでの黒人のステイタスを確立しようと論じている。あとで聞いたら、私を誘った彼も真夜中にハーレムに入って行くのは初めてで、心細いので私を誘ったらしい。それを知らないで、ただ面白そうだと思って同行したわけである。

ところが、実際に行ってみて驚いたというよりも、むしろ恐怖を感じた。殆ど黒人ばかりという状況の中へ、白人である彼と黄色人の私とが突然現れたのであるから、当然といえば当然で、一斉に鋭い視線を浴びせかけられてたじろいだ。いきなり逃げ出すのもどうかということで、暫くは静かに辻説法を聞くふりを続けた。

さらに、近くのバーに飛び込み、ビールを注文した。二人でお互いに刺激するようなことはするなと戒め合いながら、チビチビとビールを飲んだ。そのうちに漸く彼等の視線が間遠になってきたので、ほうほうの態で逃げ帰った。

知らなかったとはいえ、今から顧みても本当に無鉄砲な所業であったと思う。事実、後で三田会の人達に話したところ、「よく無事であったものだ。あの中で消された日本人が何人いると思いますか……」などと脅かされて、あらためて背筋が寒くなった。

このようにして、アメリカ各地を遍歴したお陰で、いろいろと見聞を拡めることができた。また、至るところでさまざまな塾員に会い、大変世話になり、塾の有難さをしみじみと感じさせられた。

ＡＥＪ大会への出席

昭和三十六年八月二十七日から三十一日にかけて、ミシガン大学がホストとなって開催されたＡＥＪ（Association for Education in Journalism）に出席することができたのは、大変貴重な経験であった。ＡＥＪは、ＡＡＳＤＪ（American Association of School and Department of Journalism）とＡＳＪＳＡ（American Society of Journalim School Administration）の二つの組織を傘下におさめた、この分野ではもっとも大規模かつ権威ある学会である。

この学会は毎年八月に年次大会を開催する慣例であるが、この時にＡＡＳＤＪとＡＳＪＳＡの大会も同時に開催される。この年もそうで、研究発表会は合同で行われた。

かねてから、この大会に出席したいと思って、学会長に連絡をしていたところ、幸いに学会が招待してくれ、参加費などはすべて免除されることになった。おまけに、旅費などはハーバード大学の助成が得られ、漸く大会に出席することができた。アメリカでは学会の大会などは、ホテルを借り切って行われることが通常であるので、かなりの経費を必要とするわけで、当時の私にはそれを支弁するのは容易でなかったので大いに助った。

出席して見てよく判ったことであるが、ホテルなどを借り切って大会が開催される理由の一つは、会員が家族ぐるみで学会大会に出席するのが当り前になっていることである。それ故に、ベビー・シッターなどが用意され、夫人や子供向けのエクスカレーション・プログラムが組まれているなど、至れり尽せりの準備が整えられていた。これでは学会大会を聞くのも容易ではないし、だからわが国と違ってこうした学会が大学の休暇中に行われることも頷けた。

しかし、理由はそればかりではない。学会大会では、研究発表やシンポジウムなどの通常の行事が、朝から夕方までびっしり行われ、それはそれなりに有意義であるが、それ以上に大きな意義を持ち、ある意味ではより稔りが多いように思われたのが、あちらこちらで夜の更けるまで盛んに行われるインフォーマルな討論である。

大会での正式な研究発表は、すべて完全なペーパーが用意されているので、後でじっくり読むことができる。しかし、平素からあの研究者とこの問題を論じたいと考えていた人たち、あるいは発表のこの点をさらに徹底して質ねたいと思った人たちにとっては、この夜の討論は得がたい機会である。そうした人たちが、思い思いにバーボンやワインのボトルなどを携えて、相手の部屋を訪ねる。そうして深夜まで論じ合う光景があちらこちらで見られた。

私も誘われるままに、また、かねてから会いたいと考えていた研究者に面識を得るために、毎晩のようにそうしたプライベートな会合に首を突込んだ。そのお陰で、ボストンでは日常的に接触していた私の指導教授アレックス・インケレス教授、MITのI・D・プール教授、また文通によって頻繁にコンタクトを取っていたW・シュラム、E・M・ロジャース、P・F・ラザースフェルドといった著名な研究者の他に多くの研究者と親しくなることができた。それがその後の私の研究の発展にどれほど役に立ったかは、測り知れないものがある。

日本に帰国してからも、わが国の学会もなんとかあのようにならないものかと思った。私が日本新聞学会、情報通信学会の会長に就任した際にも、あの時の状況などを思い起し、ひそかにその実現をと考えないわけではなかった。しかし、いろいろと条件の異なるわが国ではなかなか難しいものだということで、とうとう今日に至ってしまった。

もう一つ、このＡＥＪ大会で冷汗をかく思いをしたことがある。それは、総会の席上で日本から初めて参加したということで、会長から特別に紹介され、挨拶させられる羽目に陥ったことである。アメリカでも、こうした行事は荘重の調子で行われるようであるが、この時の会長の紹介が、I would like to introduce you a distinguished scholar from Japan, Professor Ikuta……といった調子のものであったから、飛び上がらんばかりに驚いた。

学会に招待された時から、多少予感は抱いたし、若干サジェストしてくれた人もあった。とにかく、独断で日本新聞学会の代表を僭称して、ひそかに用意していた小野秀雄会長のメッセージを伝えるかっこうでごまかし、何とか壇上で恥をかかないですんだ。とんだ、一幕であった。

9　ヨーロッパ貧乏旅行

グリーンランドからヨーロッパへ

海外に渡航することが容易ではない時代のこととて、折角の留学のチャンスを利用して、帰途は何とかヨーロッパ各国に足を伸してみたい、とかねてから考えていた。問題はその経費をどのようにして調達するかであって、これにはいろいろと頭を悩ました。

すでに留学期間の半年延長を認められていたので、一計を案じてその一部をヨーロッパで過すことをハーバード・エンチン研究所に願い出た。意外にすんなりとそれが認められたので、帰途に三カ月ほどをヨーロッパ遍歴に費やすことが可能となった。

もちろん、それだけでは経費は十分ではない。そこでまたぞろニューヨークに飛び、三田会幹部にお願いして、さらに借金を重ねることとなった。後のことを全く考えないわけではなかったが、どうしてもヨーロッパを見たいという欲求の方がはるかに強かった。

帰国のスケジュールを決めるに当って、どうしてもスタンフォード大学に立ち寄り、W・シュラム教授と会いたいと考えていた。それは、これまでいろいろと手紙などでは連絡をしていたものの、かけちがって直接面談して議論する機会を逸していたからである。早速、アポイントメントを取って、それに合せてサンフランシスコに向うことにした。

それはよかったのだが、問題はその後のルートである。一旦西部に飛び再び東部に帰るということでは、費用も嵩むし時間的にもロスが多い。そこで、西部から直接ヨーロッパに向う経路を研究したところ、サンフランシスコからオーバー・ノースポールで、デンマークのコペンハーゲンに飛ぶ便のあることが判り、それを利用することにした。

このルートを選んだために、思わぬ体験をすることもできた。というのは、やはりこの飛行機も途中給油のためにグリーンランドに立ち寄らざるを得なかった。お陰様で、まず二度と行く機会などはない雪と氷だけに覆われたグリーンランドで、一、二時間過すことになったわけである。

この旅行の初めに、もう一つ思わざる出来事に遭遇した。コペンハーゲンに着き、ホテルにチェックインして早速街に出たところ、塾の先輩のヤナセ自動車の社長、簗瀬次郎さんにばったり出会った。お茶などを御馳走になり、一旦は別れた。夕刻に再び街をぶらついていた時に、また簗瀬さんにでくわした。何でも予定していた日本行きの飛行機がディレイしたということで、今度は食事を御馳走になりながら、いろいろとデンマークやヨーロッパの事情などについて教わった。

別れ際に、「どうせお金は不自由でしょう。何なら御用立てしましょうか」と尋ねられ、「もちろん貧乏旅行ですから、十分なわけはありません」と答えた。フォルクス・ワーゲンのディーラーであった簗瀬さんが取り出した財布には、ドイツ・マルクがぎっしりと詰っていた。それを見て思わず恩情に甘える気になり、またぞろかなりの借金をする仕儀となった。

この時も、塾の先輩は有難いものだとしみじみ感じたものである。しかし、当時の貨幣価値などからして、こうして重ねた借金が大変なもので、帰国後にその返済に四苦八苦する始末になろうとは、この時には思いもよらず、全くのんきなものであった。

ともあれ、このようにしてスタートした私のヨーロッパ遍歴は、経済的には決して恵まれたものではなく、文字通りの貧乏旅行であったことは間違いない。しかし、今思い出して見ても、本当に稔りの多い、貴重な経験であり、あんな面白い旅行はなかったと思う。

御多分にもれず、いろいろと赤ゲットぶりを発揮したことも少なくないし、普通の旅行では殆ど行けないようなところも覗いて見たし、まず経験できないようなことも経験した。若気の至りといえばそれまでだが、今から考えて、よくもあんなところに行ったものだ、と思うようなこともあった。

どこで立往生するか判らないような旅であるので、とにかく日本にたどり着けるように、スケジュールを決定する時に、まず大ざっぱなルートだけを選び、オープンの航空券だけは確保した。それ以外は、全く自由気儘に、足の向くまま気の向くままに旅を楽しむことにした。

その土地が気にいれば一週間でも十日でも滞在するし、気にいらなければ一日か二日で退散して次に向うといった具合で、全く行き当りばったりの旅を続けた。ホテルなども殆ど予約なしだった。幸いに、今と違って旅行者もそんなに多くはなく、とくに時期的にオフシーズンであった故もあり、まずまず不都合はなかった。

こんな調子で、のんびりと三カ月ほど、デンマークに始まって、オランダ、ベルギー、ドイツ、イギリス、イタリー、フランス、スイス、オーストリアと主要な西欧諸国を経巡った。決して贅沢な旅ではなかったが、大変楽しい旅であり、さまざまに貴重な経験を積むことができた。今顧みても、この旅こそ私の生涯で最も豊かな旅であったように思われてならないのである。

ピンからキリまでのホテル

コペンハーゲンから、アムステルダムで二、三日を過し、次に着いたのがベルギーのブリュッセルであった。ここで、かねてからひそかに考えていたことを試みた。それは、アメリカの学生向けの旅行案内で示されていることを実際にやってみることであった。

あの頃、アメリカの学生たちの間での隠れたベスト・セラーであったのが、『一日五ドルでヨーロッパを旅行する法』というハウツウものであった。私も、この旅行でいつか体験してみようと考えていた。たまたま、ブリュッセルの空港に降り立って、かなり時間的な余裕があったので、その案内書に書かれている通りのことを体験しようと試みた。そこでまず、安いホテルを探すことから始めた。

空港の旅行案内所に行き、格安のホテルを斡旋して欲しいと頼んだ。係員は非常に親切に対応してくれて、方々に電話を掛けまくり、最初に五ドルのホテルではどうかという。それでもまだ高いとねばったところ、とうとう素泊りで一泊二ドルというホテルを探し出してくれた。それを発見するのにかれこれ一時間ほどかかったが、その間懸命に努力してくれたのには頭が下った。

厚く御礼をいって、早速紹介されたホテルに行った。二ドルではどうせ大したホテルではないと思っていたが、バス、トイレこそついていないものの、意外に清潔な小ぎれいなルームで、文句をいう筋合はなかった。すべてこんな調子で、その日は五ドル以内でやりくりすることができた。このガイド・ブックが決していいかげんなものでない、ということを実感したことであった。

これとおよそ対称的だったのが、パリでの予期しない出来事であった。私がパリのオルリー空港に着いたところ、私の名前がアナウンスされ、お迎えが来ているからということだった。パリにはとくに知った人もいなかったし、予め連絡した覚えもない。不審に思いながら、とにかく指示されたところに行ってみて驚いた。

そこには、すごいアメリカ製の高級車が、運転手つきで迎えに来ており、ホテルに案内するという。まるで狐につままれたような思いで、わけが判らないままにその車に乗り、着いたのが凱旋門に程近い豪華ホテルであった。しかも、通されたのが二間つづきのすばらしいルームであったのには、再度びっくりさせられた。

とにかく、部屋に落ちついて、なぜこんなハプニングが起ったのかといろいろ思い巡らしているうちに、はたと思いついた。それは、ホテルの名前がローマで塾の後輩に教えられたものと一致していたからである。私の迂闊さを思い知らされたわけである。

というのは、通常ホテルなどの予約を依頼する際には、希望するグレイドや値段を告げるのが当然であり、私のような貧乏旅行ではとくに大切なことなのに、それをうっかり怠っていたことに気づいたのである。パリに来る前に滞在したローマで、塾のある後輩に世話になったが、その気安さで「何日にパリに行きたいから、その日のホテルを予約しておいてくれないか」と依頼した。その時に、私も詳細な条件について何もいわなかったし、相手も何も聞かなかった。

ローマを立つ時に、予約したホテルの名前とアドレスだけをメモして、それ以上は何も聞かなかった。恐らくは、私が塾の先輩であり、教授であるということから判断して、彼がこのような高級ホテルを取ってくれたのかも知れない。とにかく、コミニュケーションの不足がこうした結果を招いたに違いないのであって、大変貴重な経験をした。

恐る恐るガイドブックを開いてみたが、星印のどのグレイドにもこのホテルの名が見つからない。よくよく調べて見たところ、欄外に「なお、この外に超弩級の高級ホテルとして、………がある」と記されており、その中にこのホテルの名があるのを発見して、仰天せざるを得なかった。

こんなホテルに泊っていたのでは、すぐに破算してしまう。さりとてすぐ逃げ出すわけには行かないから一泊だけは我慢するとして、翌日からの手を打たなければならない。そこで落ち着く間もなく飛び出して、安ホテル探しに走り廻った。幸い私の懐ぐあいに合ったホテルに翌日からの予約を取ることができた時には、ほっと胸をなでおろした。

その後パリを訪れるたびに、このことを思い出す。先年家内とヨーロッパを旅し、パリでたまたまそのホテルの前を通った際にも、当時のことを話して大笑いとなった。また、その頃ブラッセルに駐在していた娘夫婦を訪ねた時にも、この二ドルのホテルのことなどを話して懐旧の情ひとしおであった。もっとも、その時に泊った安ホテルは見つけることができなかった。

スイスとオーストリアの印象

スイスでは、その明媚な風景と飽きることのない壮麗な山々の姿に魅せられて、十日ばかりをのんびりと過した。国中を列車を乗り継いで回ったが、全く世俗を離れたような旅であった。どこへ行っても聳えている山々の迫るような風景には見飽きることがなかったが、レマン湖畔を散策した時のことも、ユングフラウ・ヨッホでの絶景も、今でも脳裡に焼きついている。

インターラーケンの山麗のホテルの窓から、夕刻に放牧場から帰ってくる牛の群を眺め、カランコロンという首の鈴の音に一人静かに耳を傾けていると、文字通り浮世の憂さも飛んでしまう感であった。何もかも忘れて、この国には暫く住みついてみたいな、とすら考えたことであった。

そのすばらしい風景もさることながら、ジュネーブで出会った一人のアメリカ青年のことも思い出す。ヨーロッパで声高にアメリカ語をしゃべりながら、陽気に旅しているのはアメリカ人だ、といわれたものであるが、この青年も典型的なその一人であった。

ホテルで例によって人懐っこく話しかけてきたのが縁で、暫く行を共にした。全く物怖じしない青年で、随所でどうかと思うような言動を取るので、いささか閉口したこともあった。しかし、そのお陰で思いもかけないことを経験することもできた。

彼も私と同じように、次はオーストリアのウィーンに行くことが判り、またウィーンで会おうということになって、話がウィーンのホテルのことに及んだ。一足先に彼はウィーンに行くわけだが、私がまだホテルを予約していないことを知り、早速おせっかいぶりを発揮して、自分が宿泊するホテルを予約しておいてやろうかという。断ることもないので、頼むことにして別れた。

ところが、一日遅れてウィーンに着き、私がそのホテルを訪ねたところ、たしかに私のために予約はしてあったが、彼はもうそこには泊っていなかった。残されていたメッセージによると、このホテルはどうも気に入らないから、別のこういうホテルに泊る。しかし、貴方との約束だから、このホテルをリザーブしておいた、というわけである。いささか唖然としたが、考えてみれば、いかにもアメリカ人らしいと思った。いやなものはいやだが、それと約束は別だとアメリカ人気質がまる出しの感じで、微苦笑せざるを得なかった。

そのことは別として、ウィーンはスイスとは違った意味で大変気に入った。たまたまウィーンに着いたのが土曜日で、翌日の日曜日はどのようにして過そうかと思い悩んだ。というのは、欧米のクリスチャニティの国では、日曜日は完全な安息日であり、殆どの商店、レストラン、施設などは休業である。キリスト教徒ではなく礼拝に教会へ行く習慣を持たないわれわれには、ことに旅行者には日曜日はいささか持て余す一日なのである。

ホテルのフロントに相談したところ、「いやいやウィーンは日曜日が一番いいのだ」という。なぜかといえば、午前十時頃からは例のウィーン少年合唱団の合唱が行われるし、丁度それが終る頃には、スペイン宮庭馬術のパフォーマンスがある。それに夜はもうオペラのシーズンが始まっている。午後はドナウ河の河畔をドライブでもしたらどうか、と勧める。

誠に盛り沢山ですばらしいと思い、それらの手配を頼んだところ、シーズンが始まったばかりなので幸いにすべて簡単に手配をしてくれた。オペラでは、タキシードなど持ち合わせていないので、その点を質したところ、旅行者だからスーツで遠慮することはないということだった。とにかく、これらがすべて好都合に運び、一日を全く堪能することができた。

この日の印象が良かったからに違いないが、ウィーンには数日滞在し、ウィーン市内のみならずできるだけ足を伸して方々を訪ねた。余り音楽に関心が強いわけではないが、至るところに有名な音楽家のモニュメントが建てられており、音楽や文化の香りがただよっていることを深く印象づけてくれた。

余談にはなるが、その後しばしばヨーロッパには赴いたが、殆どが野暮用があってのことで、ロンドンやパリが主で、どうもウィーンに行く機会はなかった。再びウィーンを訪れたのが、家内とヨーロッパ旅行をした平成十年のことで、何と三十七年ぶりであった。

しかし、ウィーン市内の多くのモニュメントや公園、とくにオペラ座の近辺のたたずまいは殆どあの頃のままであった。変らざる姿に接して、あらためて当時のことを思い起すことしきりであった。

壁のあったベルリン

ドイツをも訪れたが、当時東西ドイツに分断されており、行くことができたのは西ドイツだけである。西ドイツでは、ハンブルク、ハイデルベルク、ベルリンなどを旅した。

ハイデルベルクはいわゆる典型的な大学街であり、ハイデルベルク城や大学のたたずまいには歴史と伝統を強く感じさせられた。後年、再度この地を訪ねた時に、旧キャンパスの情景がその頃と殆ど変っていないのに接し、懐旧の念ひとしおであった。

何といっても、最も強く印象に残ったのはやはり例のベルリンの壁で、東西に厳しく分断されていた当時のベルリンの光景である。第二次世界大戦の生々しい爪痕と極めて厳しい国際政治の現実とを、しみじみと実感せざるを得なかった。

境界線を越えて東ベルリンに入れるのは、観光バスだけであったが、越境して西側に逃亡しようとした者が射殺されるようなことがしばしば起っている頃のこととて、このバスに乗車して東ベルリンに向った時には、さすがに緊張した。検問所では、バスの運転手もガイドも東側の者と交替し、その上に監視兵が同乗するといった具合で、誠に物々しい雰囲気であった。

東ベルリンの印象といえば、街全体が非常に静かではあるが、何か活気に乏しく白々しく感じられるということであった。しかし、このバスが廻るのは表面的にかなり整備されているような場所や通りばかりということで、裏っ側の隠れた所などは絶対に見せようとしない姿勢が見え見えで、その実態は知る由もなかった。

再び西ベルリンに帰り、西側の用員と交替した後、延々と続くベルリンの壁にそってバスは走った。その時に、西ドイツ人のガイドが実に悲痛な声を振り絞って切々と訴えたことが強く印象に残っている。

つまり、「この東西分裂の冷酷な現実をよく見てくれ。このような東西両勢力の厳しい対立の狭間にあって、祖国の分断状況をわれわれだけではいかんともし難い。どうか、この悲しむべき実情をつぶさに認識し、こうした事態が一日も早く解消するように力を借して欲しい」という趣旨の訴えであった。

バスのガイドがこうした大演説をぶったのには、いささか驚いた。たしかに、このような現実に直面しては、同情を禁じ得なかった。また、同じ戦敗国であっても、幸いに分断されなかった日本の実情を思い合わせて、考えさせられるところが少なくなかったことも事実である。

しかしながら後日、ロンドンに渡り、ある大学の教授らと会談した際に、たまたまこのようなベルリンの状況について語ったところ、実にかれらは冷やかな反応を示した。「たしかに、ドイツは困っているに違いない。しかし、率直にいって今の段階で、私はそれを助けるために指一本動かそうという心境にはない。なぜかといえば、過去二度の大戦において、ドイツのためにわれわれがどれほどひどい目にあったことか。そのことをそんなに簡単に忘れ去ることはできないからだ」というわけである。静かな調子ではあったが、とつとつと語る姿に接し、これまたいろいろと考えさせられた。

あらためて戦争というものの後遺症の大きさに思いを致さざるを得なかった。また国際的な抗争、対立の背景の複雑さを考えざるを得ず、国際政治の極めて厳しい現実をまざまざと見せつけられたように思ったのである。

アメリカ留学中も、こうしてヨーロッパ各地を旅行している時にも、私たちはかつての敵対国として、あるいは闘った相手として、面と向って直接的に非難されたり、侮蔑されるようなことは殆ど経験しなかった。また、すでに終戦後十数年を経過した頃のこととて、ヨーロッパ各国を訪れても、表面的にはほぼ戦争の傷痕は修復されているように見えた。

しかし、こうしたベルリンの状況に鑑みて、まだまだ戦争の傷跡は癒えておらず、さまざまな後遺症がなお、なお底流に冷然として根強く横たわっているということをあらためて強く認識させられた。そのことがドイツを旅しての最も大きな成果であったかも知れないと思う。

イギリス人気質

かねてから訪ねてみたいと思っていたところも多く、いろいろと興味を持つことも少なくなかったので、イギリスではかなりの日数を費やして方々を訪ねた。エディンバラまで足を伸したし、たまたまロンドンに留学中の法学部の田中実君を訪ね、彼の好意で一緒にかなりの田舎まで近郊をドライブしたのも楽しい思い出であった。

イギリスに入ったのは十一月の末であって、季節が季節とて天候のめまぐるしい変化には閉口した。一日中殆どどんよりと曇っており、ドシャ降りこそないものの、糸を引いたような霧雨が降るともなく止むともなく続いている。一日に何度となくくるくると天気が変る。

それも、北の方へ行くほど激しい。エディンバラに行った時も、朝十時頃に夜が明けたと思えば、もう午後の三時頃には暮れ始めて薄暗くなる。しかも、その僅かな間に薄日が差したり小雨が降ったりと、何度となく天気が変るという状態である。羊の方が人間より遥かに多いという情況と合わせて、よくもまあこんなところでも人間は生活しているものだ、と感じ入った次第である。

イギリスでは、ハーバードに留学していた時から目標にしていたわけで、当然のようにオックスフォード大学、ケンブリッジ大学を訪ねた。多くのカレッジから構成されているこれらの大学は、いささかハーバード大学とは趣を異にしていた。しかし、その伝統を湛えた古いキャンパスには、何か大学の原点のようなものが感じられた。

ロンドンでは、バッキンガム宮殿、ビッグベン、ウエストミンスター寺院などは見逃せなかった。しかし、何といっても感心したのは大英博物館であった。その展示品は大変なもので、とても一日や二日で見尽せるものではないので、何回か入館したが、展示されているものは所蔵品の極く僅かにすぎないということであった。

パリのルーブル博物館もそうであったが、とにかく、その展示品のすばらしさには圧倒された。世界中から集められた数々の展示品には目を見張るものが少なくなかった。しかしながら、その大部分は自国以外のものであり、かつて世界に君臨した大英帝国の姿を彷彿とさせるものだった。と同時に、長い間の植民地支配の所産を物語っている、と感じたのも偽わらざるところである。

ロンドンでも、また愉快な一人のアメリカ青年に会い、一両日行動を共にした。例によって全くざっくばらんで、頗るおせっかいであり、同じアングロサクソンでありながら、イギリス人とはかくも気質が違うのかと考えさせられた。

霧雨が降りしきっているのに、紳士然としたイギリス人たちは、キリッと細身に巻いたこうもり傘を持っていながら、なかなか開いて差そうとしない。それを見て、そのアメリカ青年は不思議でならないというわけで、早速その理由を聞きたがる。さすがに、当の本人に尋ねるのはどうかということで、近くの店の人に質問した。店員はニャッと笑って、「一旦傘を開くと、キリッと細見に巻き直すのが大変だからだ」という。何でも有料で巻き直してくれる専門の傘の巻き屋がいるという。もっともそれが本当かどうか、これについては確認しなかった。アメリカ人の気質を物語る一つのエピソードである。

これと全く対照的な気質のイギリス人に会ったのが、エディンバラに行く夜行列車の中だった。同じコンパートメントに乗り合わせたそのイギリス青年は、最初に挨拶を交しただけで、それから後は一言も話さず、黙々と本を読んでいる。イギリス人には、日本人と同様にかなりシャイなところがあると聞いていたので、それほど奇異には思わなかった。しかし、飛行機や列車で隣に乗り合わせた時に、話しかけなければ罪悪だといわんばかりに、盛んにしゃべる人懐っこいアメリカ人とは随分違うものだ、と思ったことである。

ところが、夕食の頃になって、彼はサンドイッチを取り出して、ふと私が何の用意もしていないことに気がついたのか、その一切れをそっと私に差し出し、食べないかという。私はその時たまたまお腹を少々こわしていたこととて、その旨を告げてていねいに断ったところ、そうかといっただけで、自分独りでサンドイッチを平げた。それっきりで、とうとうエディンバラに着くまで一言もしゃべらなかった。

彼は決して冷い人間でもなければ悪気があるわけでもなく、要するにシャイなのだな、と理解できた。これがアメリカ人であれば、なんだかんだとしきりに話しかけてくる。まことにおせっかいで、時にはうるさいと感ずることもある。しかし、こちらが率直につかれているとか、眠いとか理由をいえば、決してそれ以上は話しかけてはこない。その点では、アメリカ人はフランクであり、人がいいように思える。

正しく所変れば品変るで、あらためて、文化の多様性や人びとの気質や考え方の違いを、いたるところで実感することができたのは、この気儘な行き当りばったりな貧乏旅行の大きな収穫の一つであった。

余談にはなるが、もう一つの面白い体験をつけ加えておこう。夜行列車に乗って、エディンバラに着いた時のことである。その頃、エディンバラで夜が明けるのは午前九時頃であったが、その列車が着いたのは午前六時頃であったと思う。あたりは真暗で、これではホテルを探すのも大変だと当惑していたところ、車掌が声をかけてきた。「まだ、夜が明けるまでには三時間ほどかかる。この列車は、このまま三時間ほど停車しているから、ゆっくり休んでいるとよい」ということである。

その言葉のままに、コンパートメントの中で三時間ほど過し、あたりがほのぼのと白み始めた頃に、漸く改札を出てホテル探しに向ったが、これまた全く驚きであった。

大変な付けを残した留学

ハーバード大学への留学とその帰途でのヨーロッパ諸国の遍歴は、その後の私の研究の発展や人生に大きな影響を及ぼした。ことに好奇心や冒険心にまかせて、何でも見てやろう、何でも経験してみよう、という意気込みで馳け巡ったアメリカ各州やヨーロッパ各国の旅は、私に実に楽しい思い出の数々を与えてくれた。

今思い起しても、よくあんなことをやったものだと思うようなことも少なくない。若い時であったからこそだと、われながらあらためて驚くようなことも多々ある。しかし、そうした体験がどれほど稔り豊かなものであったか、どれほど私の人生の大きな糧となったかは、測り知れないものがある。

それだけに、十二月の初旬に羽田に帰り着いた私は、誠に意気揚々たるものであったようである。久方ぶりに家族や友人たちに会ったことによる興奮にもよろうが、希望に満ちあふれ、将来の計画などについてもいろいろと明るい見通しを披瀝していた、ということである。

しかし、暫くたって落ち着き、留学中のことを整理するにつけ、そうのん気に構えてはおれないことに、いやでも気がついた。ことに、その間に大変大きな付けを背負っていることが、ひしひしと感じられた。とくに、留学中の莫大な借金の重荷をどのように処理するかということは、誠に頭の痛いことであり、その後暫くの間は苦闘せざるを得なかった。

当時は、一ドルが三百六十円の固定レートであり、闇では四百円の時代である。それだけに、私が重ねた借金の総額は、円に換算すればあるいは数百万円に達するものであったかも知れない。実際にアメリカで生活している時には、一ドルが百円程度の実勢感覚しかないので、その感覚でドルを消費するのでそれほど莫大な額だとは思わない。ところが、いざそれを一ドル三百六十円で換算し、円で返済する段になると、容易ならぬ額であることにはたと気がつき、呆然自失の体であった。

慶應義塾の給与といえば、その頃も極めて貧弱なものであり、とてもそれで穴埋めすることはできない。またぞろ両親を初め各方面に迷惑を掛けると共に、私自身も大わらわで働かざるを得ない仕儀となってしまった。身から出た錆というか、若気の至りというか、全く面目ないことだった。

帰国して、気賀学務理事のところに挨拶に行った際に、こうした借金の問題に触れ、半ば冗談まじりに、義塾派遣留学生の権利を放棄するのでこの借金の穴埋めを学校がして貰えないものか、と持ちかけた。私はもちろんすんなりとこんなことが受け容れられるなどとは思っていなかったが、たちどころに「馬鹿なことをいっては困る。そんなことができるわけがない」と拒否された。「それでは、義塾派遣留学生の権利はリザーブします」といって辞去したが、そのせいではないが、その後私には義塾派遣留学生の順番はとうとう廻ってこなかった。当時は困窮した財政事情から、どんな形にせよ一度留学した者は、義塾派遣留学生の順番を一時飛ばすということになっていたようである。その後派遣留学生に余裕ができた頃には、私がいろいろと塾の役職についていたことなどもあって、とうとう退職するまでその機会は訪れなかった。

というようなことで、後年冗談に、「私はまだ塾には貸しがある」などとよくいったものである。留学中に作った借金の故に、留学によって大きな付けを背負ったというわけである。しかし、だからといってそれを後悔しているということでもない。なぜかといえば、それによって私の留学生活は極めて豊かな有意義なものになったし、その際に得たさまざまな体験や知識が、その後の私の人生に実に大きな稔りをもたらしたと信じているからである。

10　体育会とのえにし

グランドホッケー部の部長に

私が体育会と初めて縁を持ったのは、昭和三十八年にグランドホッケー部の部長となった時である。旧制中学時代に半ば強制的に練習させられ、かろうじて剣道初段となった以外には、私は元来余りスポーツには関心がなく、およそ体育会などとは無縁だと思っていた。

まして、グランドホッケーなどというスポーツは見たことも聞いたこともなかった。だから、ホッケー部の部長を引き受けろといわれた時には、大いにとまどったが、とにかく受諾することにした。しかし、全く新しい世界に飛び込んだのだから、驚きの連続であった。その頃には、私が次第に体育会にのめり込んで行き、やがてどっぷり浸かり込んでしまうようになるなんてことは、神ならぬ身の知る由もなかった。

今から思い起してみると、私を体育会と強く結びつけるようになったのは、そこで接した多くのすばらしい先輩ＯＢたちとの巡り合いであったと思う。そこには、慶應義塾をこよなく愛し、体育会や各部の発展のためにできる限りの援助を惜しまない多くのＯＢたちが存在していた。ホッケー部でも、福谷玉樹、松本小七さんを初めとする数々の人たちに接し、心温まる思いをすると共に、体育会の雰囲気に次第に引き込まれて行った。

ホッケー部長になって、とくに強く記憶に残っているのは、昭和三十九年の年末から翌年の正月にかけての香港遠征である。当時学生が海外遠征をするなどということは大変なことであって、その実現のためにはOBたちの献身的な支援と努力があった。私が団長で、現在三田体育会の会長である内藤昌君が監督であった。

何分にも乏しい経費による遠征であるから、極力節約する必要がある。神戸から乗船したのは南米向けの移民船で、しかも最下級の船底にある部屋であり、トイレにもドアがないようなお粗末なものであった。食事も満足なものは期待できないし、香港は水が悪いということで、神戸で大量のパン、バター、ミネラル・ウォーターなどを調達して渡航する始末であった。

とにかく大変な遠征であったが、それなりにいろいろな思い出がある。神戸から那覇に寄港して四日目であったかと思うが、台湾海峡に入ったとたんに、いわゆる台湾坊主という嵐に遭遇した。船底の部屋で丸窓の締りが悪かったために、夜中に海水がベッドの上まで浸入したことがあった。びっくりした学生が「沈没だ」と叫んで飛び起きる、というような一幕もあった。

また、このような船の船底に一日中閉じ込められてはかなわないと一計を案じ、あらかじめ事務長と交渉し、ホッケーの選手だから練習をしなければならないということで、等級性の厳しい船のことであったが、とくに上甲板の使用を認めさせた。それを理由に、航海中は朝から晩までひねもす上甲板で過し、そこの施設を利用することでなんとか香港までたどり着いた。

香港で六試合、マカオで一試合を行ったが、その相手はいずれも社会人のクラブ・チームであった。そのために、連夜のように試合終了後にクラブ主催のレセプションが行われた。それはいいのだが、席上酒が盛んに振る舞われるのにはいささか閉口した。とくに、団長である私には方々から名指しで盃が上げられるのに対し、最初はよく分らないので一々それに応じていたが、途中でこれは大変なことだと気がついた。とにかく、コップになみなみとブランデーを注ぎ、その都度飲み干してそれを逆さまにして見せなければならないのだから、この調子でまともに相手をしていれば殺されてしまうのではないか、と恐れをなす始末であった。

相手はニヤニヤしながら、タックスが安いので酒は無闇に安いのが香港で、こんな飲み方をするのは香港ぐらいだろう、とうそぶいているのだからたまったものではない。とにかくべらぼうに酒が安いのは事実で、寝酒にでもと私がルームにキープしておいたスコッチが、夜な夜な侵入する学生たちによって、またたく間に空になって行くのも一興であった。

マカオでは、例のカジノがあり、何事も経験であるというわけで学生たちの要望を容れて、時間を限ってプレイすることを認めた。たしか二時間を限ってということであったかと思うが、終ってみると、個人個人によってプラス、マイナスはまちまちであったが、全体としては僅かではあるが儲かっている勘定であった。

マカオではまた、ドッグ・レースが行われていた。私もアメリカ留学中に、夏場夜間に行われるレースに時々行って楽しんだことがあったので、久しぶりに楽しみたいと思ったが、この時はその機会が得られなかった。

とにかく、この香港遠征は初めての経験であり、とくに団長ということで、いろいろと面食らうことも少なくなかった。しかし、非常に貴重な経験で、それから後に塾生たちや体育会の部員たちを扱い、かれらと行動する上で多くのものを得たと思っている。当時の選手たちにとっても、やはり貴重な体験であったようで、今日でも機会あるごとにあの遠征のことをなつかしそうに語っている。

体育会理事となって

私が体育会との関係を深め、いよいよのめり込んで行ったのは、体育会理事になってからである。昭和四十年五月のことであったが、永沢邦男塾長の下でどうしても体育会理事を引き受けざるを得なくなった。

率直にいって、その頃の私の心境では、まだ四十二歳の若輩であるし、やはり折角油の乗ってきた自分の研究生活に打ち込みたいという気持ちが先き立ち、何とか辞退したいと考えていた。しかし、「慶應義塾では、頼まれた以上は断ってはならない。必ず引き受けるのが伝統だ」という殺し文句も飛び出す始末で、結局は押し切られてしまった。今そのことを決して後悔しているわけではないが、その結果、私と体育会のかかわりは深まるばかりとなった。

体育会理事に就任して、その仕事の多様さにあらためて感心した。慶應義塾体育会の会長は塾長であるが、実質的には体育会理事が会長に代ってすべてを取りしきるのが、伝統的なしきたりであり、それだけに職務は多岐にわたっている。

当時の体育会には三十三部の正規の部があり、このほかに新種目団体、所属団体が所属していた。しかも、四谷、小金井の体育会、三高校の体育会も管轄に含まれている。加えて、体育会各部のOB団体、それらの統合組織である三田体育会との関係も極めて重要である。

各部の部長の人事に始まって、各部監督の選任などの人事、体育会本部の会合、体育会総会などの会合の主催、出席、さらには各部の記念行事や主な対外試合への出席など、その日常業務も枚挙に暇がないほどである。おまけに、各部で生じた大きなトラブルの処理、あるいは卒業する部員の就職の推薦なども、体育会理事の欠かせない仕事であった。

中でも、とくに意を用いたのはOB団体、その連合体である三田体育会との連携である。その頃の三田体育会の会長は稲田勤さんで、副会長は浅野均一さんであった。その外にも各部OB団体の会長、三田体育会の理事などには、社会の各方面の第一線で活躍している錚々たる人たちがきら星の如く並んでいた。若輩の私はいささか恐れをなしたものであるが、それよりも体育会の活動は、各部のOB団体、三田体育会の支援なくしては不可能であるといっても、決して過言ではない状況であったからである。

体育会各部の練習施設の建設、補修、海外遠征などの経費や強化費用などは、殆どOBの支援によっている。また、各部の監督、コーチは大部分がOBの手弁当によるものであり、体育会から監督の手当が直接支給されているのは野球部監督、柔道部、剣道部の師範など二、三の部に過ぎないのが実状であった。それにもかかわらず、体育会のOBたちは驚くほど献身的に後輩の面倒をみており、その体育会や慶應義塾に寄せる心情には格別なものがある。これが体育会のすばらしい伝統となっており、体育会が慶應義塾の中核を自負する所以でもあろう。

私の在任中に、ある新興の私立大学から担当者が訪れ、体育会の状況を視察したことがあった。その際に慶應義塾体育会の仕組みや実情についていろいろと説明したところ、ただただ感心するばかりであった。百年の伝統のすばらしさに圧倒された様子で、最後に私どもの大学ではとても参考にはなりません、といって帰って行った。

体育会との縁が深まれば深まるほど、それに魅せられて行った。すばらしい多くのOBたちに接し、大先輩の知遇を得たことは、私に大きな宝物を与えてくれたのであり、体育会の活動に加わることができたことは、私の人生を測り知れず豊かなものにしてくれた。現在に至るまで、体育会OBの多くの人たちと事あるごとに接し交流を新たにしているが、それも私にとっての大きな楽しみである。

もっとも、家内にいわせれば、新婚当時はビール一本ももて余していた私が、酒豪といわれるまでになったのは、もっぱら体育会での付き合いによるということである。軍隊時代に満州で寒さしのぎに酒を飲み、吐けば吐くほど酒は強くなるといわれて散々修業を積んだが、それほど強くはならなかった。それを考えると、たしかに体育会での付き合いを通じて、私の酒量が増加して行ったことは間違いないように思う。

体育会理事として最初に出席した行事が、たしか相撲部の創立五十周年の記念パーティであったと思うが、その時のことは今も鮮烈に記憶に残っている。プロの力士が酒に強いということは知っていたが、このパーティで四合徳利がまたたく間に林立する状況を見て、どうしてどうしてアマチュアもすごいものだと感心した。

コップを片手に一人一人挨拶に来る現役部員にお酌をしてやると、いとも簡単に一気に飲み干してすぐに御返盃とくる。こんな連中に真面目に対応していると、ただちにひっくり返ってしまうと戦々恐々の体であったことも覚えている。これも一つの思い出であるが、一事が万事で、たしかに体育会で酒を鍛えられたことは否定できず、いつの間にか酒豪の域に達してしまった。しかし、これもまたわが人生の一齣であり、決して悪いことではないと思っている。

小泉先生の死と野球部最下位

小泉信三先生は、自らが学生時代庭球部の選手として活躍されたばかりでなく、絶えずスポーツや体育会の活動には、深い関心と理解を示された。昭和十八年のいわゆる「最後の慶早戦」も、当時の小泉塾長のなみなみならぬ決意と努力がなければ実現しなかったことも、知られている。とくに、野球には非常に愛着を持っておられたようである。

たまたま、私が体育会理事となって一年ばかりのことであるが、野球部の監督を交替し、新監督に近藤良輔君を起用することを決めた。間もなく、小泉先生から新監督同道の上食事に来るように、との招待を受けた。

同夜は、御自宅で鍋料理をつつきながら、いろいろとスポーツ談義を拝聴し、私も種々アドヴァイスをいただいた。先生は頗る元気で、私どもが驚くほど、よく飲みよく食べ大変な健啖家ぶりを発揮された。野球に強い思い入れのあった先生は、帰り際にしみじみと「今年は是非とも勝ちましょうね」といい、私たちを激励された。

ところが、それから僅か一週間ほど後の、昭和四十一年五月十一日に先生は急逝された。その訃報に接して驚愕したが、同時にこの夜のことがしきりに思い起された。あの時の先生の元気な姿や温容と共に、「今年は是非とも勝ちましょうね」というあの言葉が、あたかも遺言のように脳裏をよぎったのである。

このこともあって、ひそかに優勝をと念じていたが、こと志と反して何とこのシーズンには野球部は最下位に転落してしまった。昭和四十一年の六大学野球春季リーグ戦の戦績は、実に二勝十敗一分という惨憺たるもので、塾の野球部史上初めて最下位となったわけである。

何とも屈辱的な結果に、体育会理事としての責任を痛感したのは当然であるが、やはり思いに浮んだのは小泉先生のことであった。先生は、野球部が最下位に転落したことは知らずに亡くなったわけで、その点では何かほっとするような気持にかられたことも、たしかに偽わらざるところである。しかし、反面、先生の期待を裏切る結果となり、優勝するどころか最下位に転落したのであり、何とも先生の霊に顔向けならないような気分に陥り、甚だ寝覚めの悪い思いにさいなまれた。

それだけに、まだ私が体育会理事在任中の昭和四十四年に、春季リーグ戦で野球部が優勝した時も、また、それに引き続いて、野球部史上初の三連覇を見事に達成した時にも、すぐに心に浮んだのは小泉先生のことであった。先生が生きておられたならばどれほど喜ばれたことであろうと、何か切ない感慨にかられた。

小泉先生の急逝といい、野球部史上初の最下位転落といい、余りにもショックの大きい出来事であった故であろうが、その後今日に至るまで折に触れて思い起されるのである。とくに、私自身が体育会理事としてこの時深いかかわりを持っていただけに、ことさらこのことが脳裏に焼きついているのである。

六大学野球の始球式

「私はかつて、東京六大学野球で神宮球場のマウンドを踏んだことがある」と、私が教室でいうと、学生諸君は一斉に不審そうな顔をする。およそ野球の選手などには見えない私を見れば、そうした疑問を抱くのも当然のことである。

そこで追い打ちをかけるように、「これは絶対に事実であって、決して嘘ではない」というと、学生諸君はさらに不思議そうな態度を取る。やおら、さらに「実は、六大学野球の始球式を行ったので、その時に神宮球場のマウンドに立った」のだといえば、初めて納得する。

これは、私がニュース報道の正確さ、客観的報道、真実の報道の難しさを論ずる事例としてしばしば持ち出すことである。つまり、ニュース報道で余計なものをつけ加えたり、肝心なものを欠かしたりすれば、そのニュースは不正確なものになる。また、個々のことがらが事実であっても、一部を強調したり、全体としての取りまとめを誤るような場合には、間違った印象を与え、真実を正しく伝えることにはならない。実は、こうしたことを説くために、このケースを取り上げるわけである。

それはともあれ、私が始球式で神宮球場のマウンドを踏んだことは、まぎれもない事実である。東京六大学野球では、理事長当番校の学長が始球式を行う慣例となっている。したがって、昭和四十六年の秋と昭和四十七年の春のリーグ戦では、佐藤朔塾長が始球式を行うべきであったが、書痙で球が投げられないということで、常任理事の私が代って登板したのである。

始球式において、本当にストライクを投げたと、かつて小泉先生が自慢しておられたのを思い出し、私も登板する以上は一つ文句のないストライクを投げてやろう、とひそかに力んでいた。

そこで、三田の体育会本部の前で、学生を相手に投球練習を始めた。

ところが、それを見物していた野次馬連中からいろいろな意見やアドヴァイスが飛んできた。あるいは「先生はワイシャツ姿で投げているが、始球式は上衣を着たままやるものではないですか」とか、あるいは「球場のマウンドはうんと高いので、こんな平地で練習をしても、感覚がよく判らないですよ」とか、まことに煩いことであった。

早速上衣を着て投げて見ると、投げにくいことおびただしい。翌週は日吉の野球部のグラウンドに行き、キャッチャーを相手にマウンドから投球練習を行ったが、なるほど高いマウンドから投げるのにはこつがあり、ストライクを投げるのが容易でないことが判った。

こうして練習を重ねて意気込んで始球式に臨んだのだが、全く予期しない状況に面食らった。というのは、始球式にはウォーミングアップなしで、いきなりぶっつけ本番で投げさせられたのである。九月十三日の午後一時からであったが、主審の塾ＯＢの山川君に誘導され、バックネットにぶつけるつもりで思い切って投げて下さいというアドヴァイスを受けて、マウンドに立った。

その時の私の勇姿は、「週刊ベースボール」第三十八号のグラビア「東京六大学野球スタート」に掲載されている。それは白球が私の手から離れ、補手に向って見事に空中に浮んでいるスナップである。問題はそのボールがどこへ行ったかであるが、結果は残念ながらコースはストライク・ゾーンであったが、僅かにワンバウンドして法政大学の中村補手のミットにおさまった。

この始球式では、もう一つ思いがけないことが起った。しずしずとマウンドに向って歩いている時に、空然スタンドから「フレーフレー生田」という声援が湧き上った。驚いて振り返って見たところ、何と私の友人やその夫人たちが声をそろえて叫んでいた。恐らく始球式に応援が飛び出したのは空然のことで、暫くは語り草となった。

翌年春のリーグ戦の始球式では、今度こそストライクを取ってやろうと、前回にこりてあらかじめ神宮球場の地下でウォーミングアップを行うことにした。ところが、これが大失敗でことは裏目に出てしまった。というのは、ウォーミングアップを重ねているうちに、つい力が入りすぎてギクッと肩が脱けるような痛みを感じた。しまったと思ったが後の祭りで、そのままマウンドに登る羽目となった。肩の痛みをこらえながら恐る恐る投げた球は当然ひょろひょろ球で、無情にもツーバウンドしなければキャッチャーのミットにとどかなかったのである。

これが、私の夢敗れた、東京六大学野球始球式の顚末であり、神宮球場のマウンドを踏んだ真実である。神宮球場に赴くたびに、当時のことが思い起される。

ソッカー部とのかかわり

体育会ソッカー部（慶應義塾大学体育会での正式呼称）と私のかかわりはかなり長い。ホッケー部のほかに私が部長を勤めたのはソッカー部で、常任理事を退いた昭和四十八年六月から、慶應義塾を退職した昭和五十八年三月までの約十年間である。しかも、体育会理事であった時にも、事あるごとにソッカー部には引っぱり出されていたし、常任理事のままでかなりの間部長代理を押しつけられていたこともある。

昭和四十七年の八月二十四日から九月一日にかけて、延世大学との定期戦のためにソッカー部が韓国遠征を行った際にも、私が団長として同行したのは部長代理の立場にあったからである。私がとくにサッカーというスポーツに関心を持っていたわけではないが、このようにソッカー部とのかかわりが深くなったのは、もっぱらソッカー部のOB会「三田ソッカー倶楽部」の有力OBに、私の同期の親しい連中が多かったからに他ならない。

ソッカー部は、かつて昭和十二年頃から数年間、関東大学リーグ戦はもちろん、全日本選手権大会などでも連戦連勝するという、輝かしい栄光の時代を持っている。しかしながら、私が部長の時代のソッカー部の戦績は必ずしも満足すべきものではなかった。絶えず一部リーグの下位に低迷しており、時には二部に転落することもあった。

勝敗は時の運とはいえ、やはり試合をやる以上は勝たねばならないし、そのためには平素から苦しい練習に耐えて努力しなければならない。最初から負けるつもりで試合に臨む者はない筈だ。まして、「どんなに困難であっても、どんなに厳しい条件の下にあっても、練習に練習を重ねて勝利をかちとることは、過去に栄光を背負う者の宿命であり、責任である」というのは、私がソッカー部の選手のみならず、体育会の部員たちに絶えず訴え続けてきたことである。

ソッカー部のOBたちも、実に熱心に選手強化のために努力を続けており、韓国遠征にしても、早慶ナイターにしても、要は選手強化の一環に他ならないといえる。そうした努力にもかかわらず、早慶ナイターで連戦連敗したり、二部に転落したような場合の落胆ぶりは大変なものであった。私自身も一喜一憂の連続であり、OB諸君とヤケ酒をあおったこともしばしばであった。しかしながら、そのような過程を通じて、多くのOBたちとの関係がますます深まって行ったことも事実である。

韓国遠征といえば、ソッカー部はその強化のために、延世大学と交互に訪問し合う定期戦を行っている。しかし、あの頃のサッカーというスポーツは、わが国でも今日ほど人気はなく、大変人気の高い韓国の大学とは、正直なところかなりの実力差があった。昭和四十七年に遠征した時も、戦績は〇勝四敗一分であった。

韓国では、人気が高いだけに、有力大学では争って有名選手をスカウトして強化に奔走しており、延世大学も例外ではなかった。それだけに、ソッカー部は胸を借りるといったところで、その強化には十分役立つと思われた。

それればかりではなく、人気の高いスポーツであるだけに、韓国ではサッカーの試合にはかなりの観客を動員することができる。事実、塾と延世大学との定期戦もソウルのスタジアムには多数の観客が集まり、その入場料でわれわれを招待する経費を充分に賄えたようである。

ところが、延世大学を日本に招待する時には、しかるべき競技場も使用できないし、観客も余り動員できないので、とても入場料で経費を賄うわけには行かない。したがって、その経費の大部分は三田ソッカー倶楽部のOBたちの負担に頼らざるを得ない。選手強化のためとはいえ、こうしたところにもOBたちの大きな努力があるわけである。

早慶ナイター定期戦も、例年国立競技場で開催されているが、会場の問題、観客の動員を初めとして、すべての面でOBたちのなみなみならぬ尽力によることはいうまでもない。この早慶サッカー定期戦が、ソッカー部の充実に大きな役割を果たしてきたことはもちろん、日本サッカーの興隆に多大の寄与をしてきたのは明らかである。

この早慶ナイターでは、五年ごとの記念大会には皇太子御夫妻をお招きするのが慣例となっていた。たまたま、私がソッカー部長の時代にも、時の皇太子御夫妻（現在の天皇、皇后陛下）を御招きしたことがある。立場上私が御相手申し上げたのであるが、その際現在の皇太子殿下にサッカーのボールを差し上げた。まだ小学生の頃であったかと思うが、そのボールでヘッディングなどをやって喜ばれた姿が昨日のことのように思い出される。今の両陛下や皇太子殿下の御様子と思い合わせて、歳月の立つ速さをしみじみと感ずる。

五塵会というゴルフ会

体育会に関係した縁で、今でもいろいろな機会に体育会関係の会合に招待されることも多いし、OBの人たちとの親しい付き合いが続いている。その一つに、体育会の旧いOBたちの有志で組織されているゴルフ会である、五塵会がある。

これは、石丸重治さんが体育会理事の時代に生れたもので、第二代目の会長が気賀健三さんで、気賀さんが七十七歳の時に、会長を私に譲るということで、極く最近まで私が会長を勤めていた。平成十六年に会長を池井優君に引き継ぎ、目下は名誉会長におさまっている。それだけに、実に半世紀になんなんとする長い歴史を刻んでおり、この間にかなり多数の先輩たちがこの会のメンバーに加わっていた。

ちなみに、五塵会というのは聞き馴れない名前であるが、仏教に由来している。石丸さんの命名で、「吾々は五塵を背負う。即ち色塵、声塵、香塵、味塵、触塵、之也」からきており、この会は平たくいえば、五塵を有する人間、平凡な人びとの集まりであるという意味で、余り高あがりの名よりよいと思って名づけたということである。

五塵会のゴルフコンペは、毎年四回、それも小金井カンツリー倶楽部、東京ゴルフ倶楽部、霞ヶ関カンツリー倶楽部、程ヶ谷カンツリー倶楽部という超一流のゴルフ・コースで行っている。また、例年の十二月の程ヶ谷でのコンペの当夜は、都心でタウン・ミーティングを行うのも慣例となっている。

これらのゴルフ倶楽部には、体育会の先輩がそれぞれに数多く有力メンバーとなっているために、こうした名門コースで開催することができるわけである。通常のコンペは個人戦であるが、第四回の競技は、個人戦に加えて各部対抗戦も行っているが、これはなかなかに熾烈な争いが展開される。

伝統を重んじる体育会のこととて、五塵会のゴルフコンペはこうしたしきたりに従って連綿と続いている。しかしながら、それでも致し方ないといえばそれまでであるが、年々歳々大先輩が消えて行くのは淋しい限りである。それでも、この流れを消さないために、毎年のように新しいOBをスカウトし、メンバーに加えて行くのが会長の大切な役割の一つである。

最近、私も歳八十歳を超え、元来それほど上手くないゴルフの腕前も次第に低下している。飛距離は落ちるし、スコアもまとまらないので、ぼやくことしきりである。しかしながら、五塵会に出席してみると、なお私よりも年輩がかくしゃくとしてプレーしている姿に接し、意を強くする。最近のコンペでも、宮下四郎さん（ヨット部、昭和十四年卒）、堀正彦さん（射撃部、昭和十六年卒）、工藤誠太郎さん（弓術部、昭和十六年卒）、野崎豊男さん（空手部、昭和十八年卒）などは常連である。吉田宏さん（剣道部、昭和十年卒）のように、九十歳を超えて、さすがにゴルフは止めたものの、タウン・ミーティングには必ず顔を出すという先輩もいる。

ゴルフもさることながら、このような機会を通じて、多くの先輩やOBたちと接し、いろいろと懐旧談に華を咲かせ、体育会の現状を思って論議を闘わせることは、私にとって大きな喜びである。あらためて、体育会と深い縁を持ったことを大きな幸せだと思っているのである。

11　常任理事の時代

常任理事となって

私が佐藤朔塾長の下に常任理事となったのは、昭和四十五年六月のことである。正直なところ、これを受諾することには、かなり躊躇せざるを得なかったのは事実である。いろいろな理由があるが、やはり行政職に就くことによって、私の本来の研究活動が大きく阻害されるに違いない、ということが最大の理由であった。それに、いわゆる米軍資金闘争が一応の決着をみたものの、学内の状況は決して安定したものではなく、いつ何が起るか判らないような事態であったことも、いま一つの大きな理由であったと思う。

多くの方がたから説得され、最後は例の「塾では頼まれたことは断わってはならない、というのが伝統だ」という殺し文句に抵抗できず、結局は引き受けることになった。就任してみて、案の定常任理事というものが大変な仕事であることを、あらためて思い知らされることとなった。ことに、平常ではない当時の状況の下ではそうであった。

しかし、一旦引き受けた以上は、弱音を吐いて簡単に引き下るわけには行かない。そのまま、懸命になって四年間突っ走ってしまった、というのが偽わらざる実感である。

私の最初の担当は企画・渉外ということであった。企画の最大の課題は、あの頃の焦点であった大学改革の問題であった。慶應義塾においても、医学部でのいわゆる「米軍資金導入問題」を発端とする全塾紛争が終結したものの、医学部改革が解決したわけではない。それだけに、医学部改革を含めての大学改革は、最も緊急な課題であった。

そもそも、あの全国を吹き荒れた大学紛争の発端は東大医学部の改革問題であり、塾においても医学部改革は避けて通れない課題となっており、それと関連して全塾的な大学改革を取り上げねばならなかった。各種の改革の委員会を設置し、その論議を展開するわけであるが、それらを取りまとめるということは決して容易なことではなかった。まして、それを実行に移すためには、大変な決意とエネルギーを必要とした。

この頃は全国で大学改革が論議され、「大学の数ほど改革案が提案された」といわれた。しかしながら、果たしてその中でどれほどが実行に移されたかと顧みると、甚だ心もとない。ことほどさように議論のみが先行し、いざそれを実現するとなれば、抵抗も多く、殆ど実行に移されなかったというのが実感である。

渉外担当の主な任務は、塾外の塾員、三田会などとの連絡調整である。ことに、重大な問題が発生したり、重要案件を理事会、評議員会に諮るような場合には、あらかじめ学外理事や評議員会議長などと相談し、意見を聞き、了解を得ることが、その大切な役割であった。

三田会巡りもその欠かせない仕事で、各地、各種の三田会の総会や記念行事にはでき得る限り顔を出すことに努めた。四年間の任期中には、全国の主要な三田会には、塾長と共に一度は出席するのが恒例とされていた。とくに、大阪慶應倶楽部、関西合同三田会、四国合同三田会、東北合同三田会などの総会には、毎年のように出向いた。

こうした三田会に出席するのは、慶應義塾の現状について情報を伝え理解を深めると共に、塾に対する要望や意見を聞くことに目的がある。そうすることによって、塾独得の社中協力の気風を維持し、強めることだといえよう。もちろん、塾がいろいろと募金を行う際には、それへの協力を要請することも重大な任務であった。

こうした際に、さまざまな激励、意見、要望が述べられたものであり、それらを通じて、塾員たちの塾への関心の強さや愛塾の気持を痛感させられた。しかし、とくに多く聞かされたのは、「寄付をし、協力することに決してやぶさかではないが、もう少し塾員の子弟が塾に入学できるようにならないか」というような声であり、その度にいささか切ない思いをし、考えさせられたことも事実である。

私どもの任期中は大学紛争に明け暮れした四年間であって、一方において当然の日常の業務をこなしながら、他方において紛争の対応に当らなければならなかった。一方では、各三田会から、とくに地方の三田会からは、紛争の状況を含めて塾の現状を説明するために出席を求められる。他方、学内では紛争の最中に無闇に三田を離れて地方に出向くことには、それなりの批判もあった。こうした間に板ばさみになって閉口しながらの、東奔西走するのが渉外担当理事の日々であった。今から思い起せば、まだ四十代の若い時であったからこそ、あのようなことができたのだと思わざるを得ない。

教授時代の私の日常生活は非常に不規則で、徹夜で原稿の執筆をすることもあれば、お昼近くまでベッドに潜っていることもある。通常のサラリーマンなどとはおよそかけ離れた生活態度であった。ところが、常任理事になってからは、毎朝パンクチュアルに出勤して、時には帰宅が深夜になることも珍しくない。毎日朝から夜遅くまでぎっしり詰ったスケジュールに追われて、まるで秘書にこき使われているようだと内心ぼやきながらの日常生活となってしまった。後に常任理事を退いてから、振り返ってみても、よくもったものだと思うことしきりであった。

しかしながら、こうした生活を通じて、多くの先輩、塾員に接することができたのは大きな幸せであった。とくに秋山孝之輔、松田伊三雄、加藤武彦、牧野亀治郎、宇佐美詢といった大先輩の謦咳に接し、その知遇を得たことは忘れられない。また、全国各地の三田会において多くの塾員と面識を得たことも、これまた、私のその後の人生を極めて豊かにしてくれたことも事実である。

医学部担当から塾長代理まで

常任理事となって間もなく、佐藤塾長から暫くの間医学部担当も兼任してくれないかとの要請があった。暫定的な措置で必ず専任者を任命するからということだったので、何となく引き受けた。ところが、適当な専任者がなかなか見付からないということで、そのままずるずると経過し、結局は四年間医学部担当を兼任する仕儀となってしまった。

考えてみれば、あの頃の日本における大学紛争の発端が東大医学部であり、全塾的な紛争となった米軍資金闘争も医学部から発生したわけで、大学改革に手を着ければ当然医学部が問題となることはいうまでもない。そういう意味で、企画担当としては医学部に大きな関心を抱かざるを得ないわけで、暫く医学部担当を兼ねるのも止むを得ないか、とも考えた。

とはいえ、医学部のことは何もわからないし、その複雑な事情をほとんど理解せず、また医学部が大きな赤字に陥っていることなどは十分には理解しないままに、医学部に乗り込んだのである。したがって、医学部の状況が次第に判ってくるにしたがって、これは容易ならぬ事態であり、大変なことを引き受けてしまったと痛感することしきりであった。

その故で、三田に帰るごとに塾長に一日も早く医学部担当理事の専任を要請した。ところが、いつまでたってもそれが決らず、私が四年間兼務したままで経過してしまったのである。後に、冗談混じりに佐藤塾長に、「塾長にだまされて貧乏くじを引いてしまった」などと詰ったこともあったが、後の祭りであった。

ともあれ、引き受けた以上はいい加減な対応が許されないことは当然である。いささか向こう見ずの感無きにしもあらずであったが、懸命に医学部問題にも取り組んだ。医学部の改革では、各方面の意見を聞きながら、種々の新しい展開を試みた。

幸いにも、当時日本医師会の会長であった武見太郎さんなどからもいろいろアドヴァイスや協力を得ることができて、この仕事を何とか果し得たと思っている。もちろん、医学部の改革についてはいろいろな評価があろうが、少なくとも閉塞状態であった医学部の雰囲気に大きな風穴を開けることができた、と信じている。

さて、このような大学紛争の最中にさらに難問が降りかかってきた。それは財務担当の山口真一理事の急逝であった。それに伴って、佐藤塾長から、全くの暫定的な措置であるが、財務担当をも兼任して欲しいと求められた。財務などということはおよそ私の最も苦手とするところであり、さすがにこればかりは固辞した。

それでも、工学部の矢上台移転とそのための寄付金の募集が進行中であり、学費改訂も避けられない問題となってきており、一日たりと遅滞は許されないということで、あくまでも一時的な対応として引き受けることとなった。結果は、学費改訂を巡って、全塾的な値上げ反対闘争が発生したために、財務担当の専任者を置くことも、最後まで有耶無耶のままで過ぎてしまった。

何の因果で私のところばかりにこんなに仕事が集中するのか、と内心あきれ返っていたところ、さらに大変な事態が起った。昭和四十七年十二月になって間もなく、佐藤塾長が病気で急遽入院ということとなったが、大学紛争という非常事態の最中であり、ただちに規約に従って塾長代理を置く必要が生じた。

そこで、あらかじめ決められた順位に従って塾長代理となるというわけで、有無をいわさず私が指名された。考えたり、悩んだりする暇はなく、一刻の猶予も許されない時のこととて、全く悲愴な決意で引き受けざるを得なかった。文字通り青天の霹靂といったところであった。

その時に、ただ一つだけ条件を出した。それは当然のことといえば当然のことであるが、すべての塾長権限を一任するということである。なにしろ刻々の状況が変化するような事態で、緊急の場合にただちに決断しなければならないこともあり得るわけである。入院中の塾長に連絡し、相談しているような余裕のない場合が生じる、といったことを恐れたのである。他の常任理事諸君もそれは当然だということで、四谷に入院中の塾長にあらためてその旨を確認してくれた。

それから約半年の間、全く無我夢中でこの職務に没頭したが、やはりその間の最大の課題は、なお続いていた学費値上げ反対の紛争を解決することだった。なにをおいても学園の正常化を果さない限り、他のことはほとんど進展しないわけであり、そのために心血を注ぐのは当り前である。この経緯については、後に記したいと思っているが、とにかく大変なことであった。

幸いにして、この紛争も、多くの人たちの協力を得て、慶應義塾らしいといわれるような解決をみた。塾生大会が開催され、円満にストライキが解除されたのは、私たちが任期を終えた直後であったのは、いささか残念ではあった。しかし、そのような解決の見通しが十分に立った状況で、次期の久野洋塾長にバトンタッチを行えたことは、大きな喜びであり、塾長代理としての責務を一応果すことができたと自負している。

工学部の矢上台復帰

私たちの四年間の任期の間は、たしかに大学紛争に明け暮れ、その対応に多くのエネルギーと時間を割かざるを得なかった。しかし、他方でいろいろな事業を手がけたことも忘れられない。その一つが、懸案であった工学部の日吉矢上台への復帰であった。

大学の中でも最大の戦災を被った慶應義塾は、その復興に長い間苦しんできた。あの頃でもまだまだ復興しなければならないことが多く、とても戦後処理が終ったといえるような段階ではなかった。悲願の工学部の日吉復帰、矢上台移転も残された大きな課題であった。すでに、永沢塾長時代に、この構想が練られており、慶應義塾の教育計画委員会の建設計画に盛り込まれていた。

私たちの時代になって、この計画を実現する段階に入った。昭和四十四年十月には、評議員会で「工学部日吉復帰再建資金募金」が決定された。当初、募集目標を二十億円として、ただちに募集活動が展開されたわけであるが、塾員、三田会を中心とする非常な協力によって、この目標は達成され、昭和四十六年の三月には、目標は三十億円にかさ上げされた。

私も立場上、この募金のために全国の三田会を馳け巡り、各業界団体や各企業訪問を行って協力を要請した。こうした活動の中で、いろいろと思い出に残っていることがあるが、当時の福田赳夫大蔵大臣とじかに交渉し、非課税の募金目標の改訂を要請したことも、その一齣である。また、松下幸之助さんをくどいて、工学部図書館を「松下メモリアル・ライブラリー」とすることで、図書館をまるまる寄付して貰うことができたのも、とくに印象深く残っている。

工学部の移転に伴って処理しなければならない細々とした問題も意外に多く、中にも実に面倒な手続きを要するものもあった。例えば、日吉台と矢上台の連絡通路の両側には、いつの間にか沢山民家が建っており、連絡路の所有権は塾にあることは明らかであるが、その使用権について悶着があった。

矢上台には昔の農道が複雑に残っており、これを廃道とするためには中々面倒な手順を踏まなければならず、かなりの時間を要した。また、日吉台と矢上台の間の谷間に建っている民家に、工学部の校舎が屏風のように建つことから、テレビの電波障害が起ることなどは、当初予想もしなかっただけに、これの対応にもとまどった。

ともあれ、数々の問題を克服し、工学部の新校舎の完成をみた。昭和四十七年三月二十七日には、盛大に工学部矢上台新校舎落成披露を行った。当日、資金協力者や各方面の関係者を五千四百五十八名、工学部卒業生ならびに義塾関係者千百七十五名を招待して式典を行ったが、工学部移転がいかに大きな事業であったかを如実に物語っている。当の工学部にとってはもちろんのこと、塾全体にとっても非常に大きな喜びであった。

　工学部側にあって奮闘した当時の工学部長森為可、私たちの後の塾長久野洋、私と共に常任理事を勤めた永井隆らの諸君が、すでに鬼籍に入ってしまっているのは、淋しい限りである。日吉を訪れるごとに、矢上台を眺め、理工学部としてますます発展しつつある現状に鑑み、あの頃のことがしきりに思い起されてならないのである。

　当時の工学部には一種独得の気風があった。何かの会合の流れで、興到ると旧小金井キャンパスの池に仲間を抛り込むような風習もあった。私も酔にまかせた面々に、危く抛り込まれるようになったこともある。

　矢上台復帰に当って、森工学部長に、冗談まじりにあのような池だけは造らないようにと釘を刺しておいた。ところが、矢上台の校舎ができ上ってみると、立派な池が造られているのをみて、思わず苦笑せざるを得なかった。今、あの池が仲間を抛りこむようなことに用いられることがあるかどうかは知らないが、なつかしいエピソードの一つである。

幻の北鎌倉新キャンパス

　戦後もっぱら戦災の復興に追われてきた慶應義塾では、将来の発展をめざして新しい計画を練り、その実現に力を割くゆとりに乏しかったのはまぎれもない事実であった。とはいえ、塾の内外に将来の発展を考え、折に触れてさまざまな構想が語られていたことも否定できない。

　私が常任理事となった後にも、時代に対応した学部の増設、第二幼稚舎案をはじめとする下級学校の新設、第二慶應病院の展開、あるいは関西分校の開設といった、さまざまな要請、計画が寄せられた。関西分校については、土地の提供などを条件に誘致したいと、私の当時親しかった兵庫県副知事がわざわざ来訪したこともあった。

　そうした要望に全く関心がなかったわけではないが、あの頃の極めて厳しい塾の財政事情の下では、いずれも俄かに手を着けることはできなかった。しばしば話題には乗せながら、見送らざるを得なかったのが実情である。企画担当という立場から、こうした問題は常に念頭にあり、切歯扼腕の思いに駆られたこともしばしばであった。

　財政状態もさることながら、将来の発展計画を立てるに当っていつも行き詰るのは、新しいキャンパスを確保しなければならないことであった。戦後の復興にかまけて、慶應義塾は他の多くの大学がしたように、かつての軍の用地の払い下げを受けることもできなかった。いわば行き詰ったパズルのようなもので、僅かに工学部の日吉移転で小金井に空地ができたものの、いずれのキャンパスもすでに手狭で新しい施設を建設する余地など、ほとんど見出せなかった。どのような新しい計画を実行に移すにせよ。先立つものは新しい用地の確保であった。

　とくに積極的に働きかけたわけでもないが、面白いもので、この頃に次々と新キャンパスについての情報が舞い込んできた。最初は八王子の塾員から寄せられたもので、拓殖大学が土地を手離したいといっているがどうか、という話であった。縄延びをいれると優に三十万坪を越える広大な土地を、拓殖大学が入手したものの持ちきれないので譲渡したい、という意向を漏しているというのである。

早速、山口常任理事らと現地視察に赴いた。いささか交通の便が良くないという難点はあるものの、十分に検討に価するという印象を得た。ところが、たまたま中曽根康弘さんが拓殖大学の総長に就任した結果だといわれたが、そのうちにこの話は撤回され、立ち消えとなってしまった。

そうこうしているうちに、次に浮上してきたのが、東海道線の二宮駅前の市街化調整区域として残されている土地であった。慶應義塾には伝統的に東京の南西方面を好む風潮が強いとされるが、その故もあってか大方の意向はこちらの方が八王子よりはいいのではないか、ということでもあった。

ここへも視察を行ったが、結果は土地柄や環境は悪くないが、この土地の山容がかなり険しく、整地費などが嵩むに違いないという意見が強かった。そうした理由で、いま一歩踏み込むには躊躇せざるを得なかった。

ところが、今度は北鎌倉の梶原団地の話がほどなく入ってきた。これは北鎌倉の駅から二キロメートル程で、野村総合研究所に隣接するなだらかな台地である。この土地は、多少の虫食い状態ではあるが、すでにその大半を三菱地所が入手しており、三菱地所も譲渡したい意向が強いと伝えてくれた。

この土地は、面積は約七万坪余で多少狭いきらいはあるものの、他の条件が整っているので、常務会では積極的に交渉を進めるべきだという結論となった。これまた、渉外担当というわけで、私がもっぱら三菱地所と折衝する羽目となった。

何度か交渉を重ねた結果、現在虫食い状態の土地は三菱地所が責任をもって処理する、という点などいくつかの条件をつけて、大筋で合意する見通しとなった。交渉の過程で、三菱地所は小金井の工学部の跡地に強い関心を持ち、できれば北鎌倉の土地との交換を希望していることも判った。しかし、この段階ではこの点は一応切り離して考え、北鎌倉の土地の価格などを決定する最終段階で、あらためて問題とするという方向で、ひとまず妥結を見た。

こうした交渉の過程にあっては、もちろん非公式に理事会に説明し、その意見を求めた。理事会の意向も、基本的に賛成で積極的に推進するようにということであった。中には「これは現内閣の最大の業績となるかも知れないから、頑張って貰いたい」などと、激励する学外理事もあったほどであった。

しかしながら、これを実現させるためには、なおさまざまな問題が横たわっていた。小金井の土地にしても、かなりの部分が借地のままであり、工学部が立ち退いた後の所有権をいかにして獲保するかも大きな問題であった。また、この段階では、将来の発展に向って取りあえず新しいキャンパスを取得しておくわけであり、ここにどのような施設を建設するのかは決定しておらず、それだけにここを購入する説得力にいささか乏しい感は免れなかった。

それよりも最大の難問は、塾は当時学費値上げを巡っての大きな紛争の最中であり、それを円満に解決することが何よりも緊急な課題だったことである。たしかに、一方で学費の値上げを行いながら、他方で巨費を投じて土地を買収するというようなことは、一見どうも辻褄の合わないように思われるきらいがある。少なくとも、学費値上げ反対のストライキを行っている塾生の理解が簡単に得られるとは思われない。

そこで、今はいかにもタイミングが悪いということで、なお交渉は継続するが、最終的な決着は大学紛争が解決した後に行うこととし、三菱地所の側の了承を取りつけた。だがこの紛争が長期化したために、私は最終的な交渉に臨むことができなかった。

私が塾長代理となってからも、この問題の解決は念頭を離れなかったが、昭和四十八年の五月、任期満了の間際に至って、紛争が解決し、慶應義塾が正常化する確たる見通しが立った。その段階で私は三菱地所の社長を直接訪ね、最終的な決着を図った。

その結果、北鎌倉と小金井の土地を交換すること、その上に三菱側が北鎌倉の整地費を全額負担することなどの基本的合意を得た。そうして、この発表や具体的な処理は、新しい塾長が就任後に実施する、というような一種の紳士協定を結んだ。

この件は、詳細を次の久野洋塾長に申し送って、正直なところ肩の荷を降ろした。しかしながら、恐らくそれなりの事情があったのであろうし、情勢の変化が生じたのであろうが、この土地の取得はその後立ち消えとなり、遂に日の目を見るに至らなかった。この問題にはそれなりにいろいろと努力を傾けてきた私にとっては、想いの残ることであった。

しかしながら、今日に至っては、新しい湘南キャンパスが拓かれ、環境情報学部、綜合政策学部、看護医療学部が新設され、湘南中等部、高等部が開設されるに至ったことに思いを致すと、私たちが目指した方向が誤ってはいなかったと思われ、いささか我が意を得たりの感概を抱くのである。と同時に、あらためて年月の経過の速さと時代の流れを痛感せざるを得ないのである。

12　大学紛争とのかかわり

「宝」を得た大学紛争

慶應義塾で大規模な大学紛争が起ったのは、医学部を発端とする昭和四十三年六月からのいわゆる米軍資金闘争である。しかし、大学紛争の嵐は単に塾においてのみの現象ではなく、あの頃はほとんどのわが国の大学において、いやそれどころか、世界的な現象として燎原の火のように荒れ狂っていた。まるで、熱病にでも冒されたような狂気というか、熱気がキャンパスを馳け巡っていた。

慶應義塾にあっても、米軍資金闘争に引き続いて、大学立法反対闘争、学費値上げ反対闘争が立て続けに発生した。この頃の数年間は、塾も文字通り紛争に明け暮れする日々であった。

私も、米軍資金闘争の時は、たまたま体育会理事であったために、好むと好まざるとにかかわらず、いろいろな面でこれに関与せざるを得なかった。また、大学立法反対闘争、学費値上げ反対闘争の際は、常任理事の立場にあり、当事者として直接これに立ち向うこととなった。結局、この頃の紛争のことごとくに、深いかかわりを持つ羽目に陥ったわけである。

その故もあってか、時に「大学紛争の学識経験者」などという、余り有難くもない名前を頂戴することもあった。事実、その後各方面から、大学紛争についての話を依頼されたり、塾の紛争の実態などについて執筆を求められることもしばしばであった。

それらは殆どお断りしたが、それにはそれなりの理由があった。その主な第一の理由は、当時の大学紛争というものは、極めて複雑な背景を持っており、その経過も決して単純ではなく、私といえども容易にその全貌を把握することはできないということであった。第二の理由は、これらの大学紛争には、私なりにさまざまな疑問も抱いており、それらに対する感慨も頗る微妙なものがあり、私自身簡単に気持の整理がつかないということであった。

現在に至っても、そうしたことは強く尾を引いている。一体、あの大学紛争なるものは何だったのだろうか、あの紛争は何を残したのだろうか、といった思いに駆られることもしばしばである。あの紛争を契機として、慶應義塾が、そうして日本の大学が、画期的に改善され発展したとすれば、もって瞑すべきであるかも知れない。果たしてそうであろうか、むしろ悪くなったと感ずる点も無きにしもあらずである。今このように顧みる時、何か空しさをすら覚えないわけには行かない。

しかしながら、唯一つ私にとっての大きな喜びと救いとは、これらの紛争が、他の大学には例を見ないような、慶應義塾にふさわしい形に円満な解決をなし得た、ということである。もちろん、その解決に至る道程は決して平担なものではなく、さまざまな紆余曲折を経なければならなかった。また、実に多くの時間と莫大なエネルギーを消費しなければならなかったことも事実である。

しかも、このような円満な解決の背景には、多くの塾員、教職員、塾生たちの献身的な努力と協力があったことを忘れることはできない。それぞれの立場において、塾の正常化のために懸命に行動した塾員、教職員、塾生の姿は、そうしてそのすさまじいばかりの塾を愛する情熱と社中協力の精神は、私の脳裡に深く刻み込まれている。

この紛争に当事者としてその渦中にいた私は、もちろんその正常化のために、日夜を分たず心血を注いで懸命に努力し、いささか慶應義塾のために貢献をなし得たと自負している。

しかし、それよりも私が幸せだとすることは、この間において、多くのすばらしい先輩、同僚、友人、後輩に巡り合えたことである。当時の塾生諸君を含めて、これらの人たちとは、今も親しく付き合っているが、こうした人たちこそ私の生涯の友人であり、「宝」である。

このような「宝」を得たことが、大学紛争の思わざる賜物であるが、私にとっては何物にも代え難い贈物なのであり、誇りでもある。

いわゆる「米資闘争」

慶應義塾での全塾的な紛争の最初のものは、昭和四十三年の六月に起った、いわゆる米軍資金闘争である。その発端は、医学部の富田教授が米軍から研究費を受けて研究を行っている、ということを「朝日新聞」が報道したことにある。こうしたこじつけとしか思われないような理由で、医学部に紛争が起り、それがまたたく間に全塾的なストライキにまで発展した。

その背景には、医学部にいろいろな問題が潜在していたとはいえ、やはり全国的に巻き起っていた学生運動の嵐があり、その一環として捉えざるを得ない。事実、その頃の学生運動は、さまざまなセクトが対立して、覇を争っている感があったが、全塾的なストライキの中心となったのは、「社学同」という全国的セクトの系統の塾生であった。

この紛争は、塾監局の占拠、次いで日吉キャンパスの占拠という、かなり激しい事態が展開し、ストライキが長期化した。それにはさまざまな全国的なゲバ学生のセクト間の対立、その影響力が大きく関連していたことは否定できない。

しかしながら、先鋭な一部スト派の塾生たちの主張が、一般塾生の間でかなり広く同調を得ることとなり、それが紛争が半年余りの長期間に及んだ、大きな要因であったことも事実である。誤った根拠によるものであれ、一旦受け容れられた考えを正し、冷静な判断を取り戻させるためには、実に多くの時間とエネルギーが必要なのである。

この紛争の過程にあっては、いろいろなセクトに分れたスト派、スト反対派、それにノンポリといわれた多くの一般塾生などの動きが複雑にからみ合い、厳しい緊張関係にあった。それだけに決して単純なものではなく、一筋縄ではいかない様相を呈していた。機動隊の導入というような力による解決も考えられないわけではないが、それが却って事態を悪化させ、深刻にする恐れの方がはるかに大きいと思われたのもこうした事態だったからである。

このような状況の中で、慶應義塾では、やがてストライキを回避して紛争の終結を模索する動きが徐々に芽生えてきた。ゼミナール、全慶連、体育会、あるいは文化団体などから、少しずつ良識派の塾生たちが立ち上った。「ストを排し話し合いを守る会」、「鍛心会」などのいくつかのグループも結成された。こうした動きが次第に結集され、スト回避の大きなうねりとなって行ったのである。

とはいえ、十分な資金もなく、確乎たる組織も持たない彼らがたどった道のりは、決して平胆なものではなかった。仲間との電話連絡一つにも下宿の人に気兼ねしなければならないような、不自由な条件の中で、彼らはひるまずに、根気よく運動を展開して行った。しかも、彼らは暴力に訴えることを避け、あくまでも話し合いによって解決することを志した。

連日連夜のように、彼らは塾監局を取り巻いて、あくことなく占拠している塾生の説得を試み、その退去を呼びかけた。彼らのその涙ぐましい姿は、今も私の脳裡に強く焼きついて離れない。

遂に彼らの呼びかけに応じ、塾監局を占拠していた連中も、占拠を解き退去したが、それですべてが解決したわけではない。彼らは塾監局から退去した後も、さらに日吉キャンパスに立て籠り、なお抵抗を続けた。したがって、ストライキの全面的な解除にはさらにかなりの時間を要した。

あの深夜、塾監局の占拠を解き、多くの反スト派の塾生たちが見守る中を、粛々と落ちのびて行ったスト派の塾生の姿も、また私の瞼に焼きついている。戦国時代に闘いに敗れた武士たちが城を明け渡して、静かに退去する落城のさまもかくや、と思わせられた。この頃のスト派、反スト派の間には、同じ塾生であるという潜在的な意識によるのかも知れないが、激しい対立状況にありながらも、何かある種の友情めいたものが存在していたように思われた。そこに一つの救いがあると感じたことであった。

このような良識派の塾生たちを陰で支え、これまた懸命になってさまざまな活動を行った、心ある多くの先輩塾員、教職員たちの力のあったことも、高く評価しなければならない。ひたすら塾を思いその正常化を願う彼らの情熱と、献身的な支援がどれほど良識派の塾生たちを勇気づけたかは、測り知れないものがある。こうした人たちの塾を愛する気持と行動とは、次第に一般塾生の間に滲透し、共感を呼ぶようになってきた。

こうした塾生、塾員、教職員が一体となって慶應義塾の正常化を推進したのであり、正しく社中協力の伝統が見事に花開いたといえよう。塾生たちが自から塾生大会を開き、その決議によって平静裡にストライキが解除された。いかにも慶應義塾らしい見事な紛争解決だといわれ、いささか自画自賛したい気持にもなるが、陰にあっての関係者のこうした労苦を思うと、全く頭の下る思いがする。

最近になって、当時を振り返って思うことは、時の流れであり、どうして時代と共にこんなに変ってくるのだろうか、ということである。というのは、慶應義塾の紛争は「米軍資金闘争」といわれるように、医学部の富田教授への米軍からの研究費の供与が発端となったのであるが、当時はそうした米軍はもちろんのこと、産業界などから研究費の供与は、どんなに平和的な目的の研究であっても、すべてけしからんというような風潮であった。そんなことは全くのタブーで、「産学協同のサ……」といっただけでも、すぐに紛争の種にされるというような状況であった。

ところが、最近は全くの様変りである。産学協同、産官学協同などはむしろ当り前のことであり、それを行わないのは異端者であり、馬鹿だといわんばかりの有様である。なぜにそうなのかは暫く措くとしても、その変化の激しさには驚かざるを得ないのである。全く今昔の感に耐えない。

紛争と体育会

米軍資金闘争の際の「話し合いを守る会」、「鍛心会」などには、私のゼミナールに所属する塾生や日頃から親しくしている塾生が何人か参加していた。それに彼らの活動を支えていた塾員の中にも、私の同期生や懇意な塾員たちが少なくなかった。こうしたこともあって、彼らの活動には私も大きな関心を抱いていた。しかしながら、好むと好まざるとにかかわらず、私がこの紛争に強く関与せざるを得なかったのは、たまたま私が当時体育会理事であったからである。

私は、体育会理事に就任して以来、一貫して体育会こそは慶應義塾の中核である、という伝統を誇りに持って行動するように部員諸君に説いてきた。そうして、体育会の部員は、部員である前に塾生であり、常に塾生の模範であることを求めてきた。大学紛争のような場合には、とくにそのことを意識したのであり、あくまでも良識ある塾生として冷静に行動することを願っていた。

その頃のマスコミには、いわゆる「体育会系」というような妙な言葉が横行していた。これはなにか暴力団を連想させるようなニュアンスを含んでいるように思われ、私の最も嫌う言葉の一つであった。体育会は暴力団でもなければ、スト破りの集団でもない。私の最も腐心したのは、体育会の諸君がストライキに賛成であれ反対であれ、それを暴力に訴えて貫こうとするのではなく、あくまでも理性と良識に従って行動させることであった。

あの頃他大学においては、体育会の学生やOBが先頭に立って乱闘し、暴力によってスト破りを試みるようなことも少なくなかった。また、塾の体育会OBの中にも、現役部員に対して力を用いることを使嗾《しそう》し、自らもその先頭に立とうとするような熱血漢がいなかったわけではない。それも塾を愛する気持からのことで判らないわけではないが、それを抑えるのもまた一苦労であった。

連日のように、キャプテン、マネージャーを集めて会合を開き、ともすれば逸《はや》りがちな部員をとりまとめて、あくまでも冷静に対処することを求めて止まなかった。たしかに、塾関係者や体育会の先輩たちの中には、これを非常にはがゆく感じた向きがなかったわけではない。しかし、私はあくまでも自分のこうした信念を曲げなかったつもりである。

それは私の描いている慶應義塾本来の知徳の模範、気品の泉源たれとの理念と、これまで体育会が長年にわたって築いてきた輝かしい伝統に基くものであり、それを汚すことを恐れたからに他ならない。と同時に、体育会部員の跳ね上った行動や暴力の行使は、必ずしも一般塾生の共感を得るものではないし、却って事態を複雑にし、紛争の解決を遅らせるかも知れないことをおもんぱかる気持も強かった。体育会の部員たちが、一般の塾生から孤立し、一種の孤児のような存在となることは、私は何としても忍びなかったのである。

さまざまな曲折はあったものの、幸いにして体育会の部員たちは、よく忍耐し、冷静に行動してくれた。永沢塾長の塾長会見も、さしたる混乱もなく終り、とくに会場が混乱した際に塾長、常任理事が無事会場を離れることのできた背景には、体育会の部員たちの節度ある行動があった、と確信している。

見事に私の期待に応えてくれた、体育会部員たちのすばらしい行動を今でも誇りとしている。それが、ああした紛争を円満な解決に向わせるのに大きく貢献したことは間違いない。すでに社会の各方面でめざましい活躍をしている当時の体育会部員諸君に会う度に、あの頃のことを顧みて、誇らしげに楽しそうに語る姿に接するのは、私のこの上ない喜びである。

ある「慶應馬鹿」の死

米軍資金闘争が円満に塾生大会を経て解決に至ったとはいえ、そこに至る道程は決して安易なものではなく、正しく苦難の連続であった。したがって、その間にさまざまな犠牲があったことも忘れられない。

ストライキに反対して活動していた塾生の中に、負傷して入院した者がいたことも知っている。ストを解除した後に、学校側の処分に服し、潔く塾を去って行った者も、ある意味で犠牲者といえるかも知れない。さらに、良識派の塾生たちの活動を懸命にサポートしていた塾員の間の犠牲も決して小さなものではなかった。

その中の最たる者が、私の同期生であり、昭和二十二年三田会の代表幹事であり、当時最年少の塾評議員であった五島岩四郎君であると思う。彼は良識派の塾生の陰にあって、昼夜を分たず文字通り献身的な支援を惜しまなかった。彼の塾を思う情熱がそうさせたのであろうが、本当に頭の下るような活動を続けたが、その過労がたたって倒れてしまった。昭和四十四年一月十六日、僅か四十四歳の生涯を閉じた。

実は、その夜は私は五島君と飲む約束をしていた。ところが、急に軀の調子が思わしくないのでまたの機会にしたい、という連絡があったが、その帰途に車の中で発病し、急逝した。急報に接して、星空を抑ぎながら藤沢の彼の家へ急ぐ途中で、無理にでも今夜は引き止めて飲んででもいたならば、あるいは打つ手もあったかも知れないと、しきりに悔まれたが詮ないことであった。

五島君は、在学中は自治委員会の委員長であり、応援指導部のリーダーでもあった。仲間の人望も厚く、「いわし」というあだ名で親しまれ、卒業後も当然のように年度三田会の代表幹事におさまった。昭和二十二年三田会が、稀に見る結果の強い三田会といわれ、事あるごとに慶應義塾に協力を惜しまない年度三田会として、大いに注目されてきた。

それも五島君のこよなく塾を愛する熱情と、率先して活動する行動力に負うところが大きかった。私たちの間では、何かある度に「いわしがいうのなら仕方がない」とか、「それはいわしに委せておけ」といった調子で、彼を信頼し、また彼に全面的に協力した。彼の没後も、年度三田会の総会などの度に、しきりに彼のことが話題に上り、「いわしがいたら……」と今に至るも語られている。

彼の死後、急拠私が昭和二十二年三田会の代表幹事を引き受けることになったが、不思議な因縁といおうか、廻り廻って現在また私が再度代表幹事を勤めている。その故もあってか、事ごとに彼のことが思い起されてならないのである。

彼の凄じいばかりの情熱と行動力とが、後輩の塾生たちをどれほど動かしたかは測り知れないものがある。ストライキに反対し、話し合いによって問題を解決しようとする良識派の塾生たちが、彼に励まされて続々と立ち上った。また、彼の呼びかけに応じて、多くの塾員たちもさまざまな行動を起した。こうした動きは、やがて社中に大きなうねりとなって拡がり、その結果あのような見事な紛争の解決をもたらしたといい得る。

私は、五島岩四郎君を偲んで、「三田評論」に「ある慶應馬鹿の生涯」という一文を綴った。「慶應馬鹿」という言葉を最初に用いたのは恐らく私であろうが、それは慶應義塾をこよなく愛し、その情熱の赴くままに自らを犠牲にして慶應義塾にのめり込み、奔馬の如くこの世を馳け抜けたあの五島岩四郎君に贈るには、最もふさわしい言葉であると思い、敬愛の念をもって捧げたものである。

今では、慶應義塾を愛し、慶應義塾に情熱を傾ける者のことを「慶應馬鹿」と呼ぶのは、当り前のようになっている。当時を思い起して誠に感慨深いものがある。

「君はまた、こよなく慶應義塾を愛し、義塾を思うこと切なる人でした。君は純粋に塾を愛し、私心なく塾を思い、しかも塾のために勇敢に行動する人でした。君こそ、まさに『塾を愛する人』の最たるものでした」。これは、昭和四十四年一月十九日に、彼を送るに際し私が友人代表として捧げた弔辞の一部である。

意識が薄れるなかでもかすかに塾歌を口ずさんでいた彼の最後を知らされた時には、私のみならず多くの塾生、塾員が涙にむせんだのも当然であった。塾長に許しを得て、彼の柩を三色旗で覆い送ったのが、せめてもの慰めであった。

13　大学紛争の渦中にあって

紛争で見た塾の気風

昭和四十四年に私は佐藤朔塾長の下に常任理事に就任したが、その当初から大学紛争に見舞われた。あの頃は、いろいろな名目の下に全国的に大学紛争の嵐が吹き荒れていたが、慶應義塾も例外ではなかった。

米軍資金闘争が漸く解決したと思ったら、昭和四十四年の六月には大学立法反対闘争が生じ、それが一段落して間もなく、昭和四十七年には学費値上げ反対闘争が生じた。しかも、慶應義塾における闘争も米軍資金闘争、大学立法反対闘争、学費値上げ反対闘争と回を重ねるにつれて、闘争の様態は先鋭化し、暴力的傾向を強めてきた。

そのために、私たちはその対応に日夜忙殺され、在任中はこうした紛争の解決と学園の平静化のために明け暮れしてしまったように思われる。とにもかくにも、私たちはこの間にあって、一貫して話し合いによる円満な収束を目指してあらゆる努力を傾けた。ことに、昭和四十七年の十二月に、佐藤塾長の病気入院を受けて、私が塾長代理に指名された後は、全く無我夢中で懸命に頑張らざるを得なかった。それだけに、この学費値上げ反対闘争を巡っては思い起すことも少なくないし、感慨もまたひとしおなるものがある。今そのすべてを語ることはできないが、断片的に思い出を記しておこうと思う。

このような時には、実にさまざまな情報が乱れ飛ぶし、善意、好意あるいは悪意によるいろいろな働きかけが交錯する。適確な状況把握と迅速な判断が求められている私たちは、それによってしばしば閉口させられたし、時には立往生するようなことも無きにしもあらずであった。とくに我慢がならなかったのは、連日連夜一、二時間おきに自宅にかかってくる卑劣な無言電話だとか、子供たちに向ってのいやがらせや脅迫まがいの言動とかである。私自身はともかくとして、家内や子供たちにまでそれが及ぶことには、心を痛めざるを得なかったし、我慢がならなかった。

しかし、そんなことでスト派塾生たちの不当な要求に屈するようなことがあってはならないし、安易な妥協をすべきではない、と私は心に決めていた。そうした一貫して筋を通すことは、先の米軍資金闘争においても貫かれてきた慶應義塾の姿勢であり、そのような毅然たる態度を示すことが大学の、慶應義塾の立場である、と確信していた。

たとえば、当時他大学では平然と行われていたような、試験を全く行わず専らリポートのみで進級や卒業を認めるようなことも、最後まで拒否した。ストライキが長期化し、半年以上も進級や卒業が延びることがあっても仕方がない。私たちは、たとえ時間を要しても、ストライキなどによらず、あくまでも話し合いによる解決を根気よく目指した。そのために、危険だといわれたいわゆる塾長会見なども避けようとはしなかった。

私が敢てこうした態度を取った背景にはいくつかの理由がある。その一つは、塾生にはやはり何か特殊な気風があり、スト派の塾生たちも一種独特の意識を持っているように感じられたことである。当時のいわゆるゲバ学生たちは多様なセクトに分れており、それぞれに大学を越えた組織を持っていた。したがって、塾生の各セクトに対する外部からの影響が無かったとはいえないし、セクト相互の間にいわゆる内ゲバが生ずることもあったのは事実である。

しかしながら、スト派の塾生たちも、極力外部の圧力を排除しようとしていたようであり、最後までいわゆる外人部隊の導入には否定的であったようである。時には、口に慶應義塾解体論を叫ぶ者のあったことは否定しないが、彼らは終始独自の行動を心掛けていたように思われた。

塾長会見などの場においても、私たちが夜を徹して軟禁状態の中で会見した時においても、彼らの言動には何か節度のようなものを感じた。他大学におけるように、彼らは私達に向って、決して「貴様」とか、「お前」といった呼び掛けをせず、「先生」という表現を用いていた。また、私が二度にわたって軟禁された際にも、確かに異常な緊迫感を覚えたことは事実であるが、身体、生命の危険までは感じなかったのである。

紛争の末期に至って、一部の者が全体から孤立化の傾向を強めるにつれて、次第に先鋭化し暴力的となって行ったことは残念である。しかし、全般的には彼らには、かすかながらも何か塾生としての意識が潜在しているように思われた。敢ていうならば、スト派の塾生たちと、スト反対を叫んで話し合いによる解決を迫った塾生たちの間には、ある種の友情のようなものが存在していたようにすら思われた。私は、こうした点にひそかに救いを感じていたし、期待も持っていた。ともあれ、こうした背景の下に、良識ある塾生の献身的な努力、教職員の懸命な活動、塾を愛する先輩塾員の大きな協力によって、かなりの時間を要したものの、この学費値上げ反対闘争も円満な解決を見るに至った。この間に示された、慶應義塾独自の気風、危険に直面しての社中協力の伝統を、今もしみじみとなつかしく思い起している。

塾長会見あれこれ

あの頃、紛争の度にスト派の塾生たちは、一方においてバリケードを築いて校舎やキャンパスを封鎖すると共に、他方においていわゆる大衆団交である塾長会見を要求した。学費値上げ反対闘争においても同様であったが、私たちは一貫してバリケードの撤去を要求する一方で、できる限り塾長会見には応じ、塾生全般の理解を深めることに意を用いた。

日吉のキャンパスがバリケードで封鎖された際には、私たち常任理事が先頭に立って、教職員と一緒に連日のようにバリケードの撤去に奪闘したことも思い出す。折角苦労して撤去したバリケードも一夜にして再構築されてしまう。それでもまた撤去するということが、何日続いたことか。来る日も来る日もその繰り返しで、まるで賽の河原の石積みの感があった。そうしたことの空しさを覚えないわけではないし、こうした行動を冷やかに見る向きのあったことも否定しない。しかし、私たちが諦めることなくこうした行動を取ったのは、あくまでもバリケードのような手段は認めることができないという、当局の一貫した立場と強い意思の表れであると考えたからである。事実、そのことは次第に滲透していき、バリケードの撤去に参加する塾生も増加していった。

余談になるが、馴れない筋肉労働を続けた故に、軀の節々に痛みを覚えるようになったのにはいささか閉口した。しかし、早朝バリケードの撤去を終った後に、味噌汁とたくあんだけで食べたにぎり飯の朝食の旨かったことは、私たちの間で暫くは語り草となっていた。

佐藤塾長による最初の塾長会見は、いわゆる「ラグビー場の会見」で、下田の体育会蹴球部のグラウンドを会場として、野外で行われた。最初に佐藤塾長が所信を述べるということで、マイクに向って特設の壇上から話し始めた時に、ゲバ棒を持ち隊列を組んだゲバ塾生たちが、一般塾生の間に乱入し、会場は混乱に陥った。とても、平静に話し合いをするような状況ではなくなったので、この塾長会見は中止となった。

暫く日をおいて、第二回の塾長会見を日吉記念館で行った。この時は、塾長の体調が不良であったため、会見の冒頭で塾長が所信を表明した後に退場し、後は私が代理を務め、全常任理事が対応し、討論を行う方針であった。

ラグビー場の会見においてもかなりの塾生が参加したが、この記念館での会見では、ほぼ満員となるほどにスト派、反スト派の塾生が集まり、その関心の高さが十分にうかがわれた。会見はかなり緊迫した雰囲気の下に始まったが、何としてもスト派の塾生たちは塾長が退場した事情を納得せず、あくまでもその出席を求めて止まなかった。塾長の退場が却って彼らの反発を強めた感があり、私たちが事情を説明し、懸命に説得を試みたが成功しなかった。

そのために一向にそれ以上の論議は進展せず、次第に会場の空気は険悪となり、不測の事態も予想されるような状況となった。現実に、記念館の外での小競り合いや乱闘の発生が報告された。そこで、このような状態で会見を続行しても成果は得られそうにもないと判断し、この塾長会見も途中で打ち切ることとした。

こうした失敗を受けて、あらためて塾長会見を行うかどうかが問題となった。開催については異論も多く、その最大の理由は、危険な事態が予想されるし、敢て危険を冒して塾長会見を行っても成果を挙げられるとは思われない、という意見も強かった。たしかに、その頃の学生の行動は次第に先鋭化しており、他大学においても暴力的な騒ぎこそあれ、大衆団交が平穏に行われたことはまずなかったのは事実である。それだけに、かなりの危険が予想され、相当な覚悟をもって臨まなければならないのは当然であった。しかし、私たちは種々検討を加えた結果、敢て第三回の塾長会見を行うことを決断した。

それは、一つには、紛争を円満に解決するためには、やはり広く一般塾生の理解を得なければならないし、そのためには塾長会見によってこちらの見解を訴えることは避けて通れない、と考えたからである。また、その背景には、米軍資金闘争でのいろいろな経験があり、それが私たちを勇気づけていたことも否定できない。

第二には、前にも述べたように、紛争の最中にあっても、慶應義塾には独自の気風が存在しており、塾生には何か特殊の気質がなお維持されているように思われたことである。それ故に、私にはそれを信頼したい気持があり、決定的な切迫した危険が感じられなかったのである。

第三回目の塾長会見は、一月三十日にやはり日吉記念館で行った。第二回の状況に鑑みて、正式の塾長代理の立場に就いた私が全責任を負ってすべては対応する、ということで始まった。この会見は比較的平静な状態で論議が進行していったが、双方の主張は依然として平行線をたどりなかなか結論には達しなかった。しかし、私たちは何とか一般塾生の理解を深めるべく、根気よく議論を進め説得に懸命に努力した。しかし、時間が経過するにつれて、次第に場内は騒然となり、スト派、反スト派塾生たちの間に怒声が飛び交うようになり、会見の続行が危ぶまれるような事態を迎えた。

たまたま、その最中に、あるスト派の塾生が、私への質疑の中で滔々と慶應義塾解体論をまくしたてた。それを受けて、私は思わず「そのような考え方の諸君は潔く慶應義塾を去りたまえ」と大喝してしまった。これによって事態が悪化するのではないか、という懸念が一瞬私の脳中を過った。

ところが、さすがに慶應義塾解体論には反発する者が多く、私の主張に同調する声がまたたく間に拡り、大半の塾生がその塾生に退去を求めるような雰囲気となった。これを契機に場内の空気は一変し、私たちの説得にも耳を傾けるようになり、この塾長会見は大きな波瀾もなく幕を閉じることができた。また、これによって、学費改訂を巡るこの大学紛争も円満に解決をみるに違いない、という確信を持つことができた。

もちろん、紛争が完全に解決し、学園が正常化するまでには、なお紆余曲折を経なければならなかったし、時間を要した。しかし、私たちはこの塾長会見で得た確信に基いて、粛々と方針を貫き、対策を進めた。その結果、私の任期中に完全な終結をみるに至らなかったことは残念であるが、自信を持って後任の久野洋塾長に申し送ることができたのは幸いであった。果せるかな、塾長交替後約一週間にして、塾生大会の決議を経て円満に紛争は解決した。当時を顧みて、さまざまなことが思い起されるが、その時に至って、私は漸く心の安らぎを覚えたのである。

二度にわたる軟禁

学費値上げ反対闘争の渦中で、私は二度にわたってスト派の塾生たちに軟禁される、という異常な体験をした。その最初は、新研究室の会議室で私と三雲夏生、会田義雄両常任理事とが、塾生代表と学費改訂の説明のために会見を行った際のことであった。

スト派を中心とする塾生たちは、学費改訂の提案に対しては最初から耳を借さず、もっぱらその提案の白紙撤回を要求するのみであった。もちろん、私たちは白紙撤回に応ずるつもりはなく、安易な妥協をするわけもなく、一貫して学費値上げの必要性を説き、何とか理解を求めようと試みた。その結果、双方の主張は併行線をたどるばかりで、およそ話し合いとは程遠いものとなった。

彼らは私たちを軟禁状態におき、何とか白紙撤回を承諾させようとしたが、私たちがそれに応ずるわけはなく、そうした対立状態は翌朝まで、二十時間になんなんとする間続いた。この間、時に耳もとで大声を発して威嚇するようなことが無かったわけではないが、やはり身体的な危険を感ずるような雰囲気ではなかった。むしろ、彼らの方が何かに怯えるような気配をみせるようなことすらあった。

深夜に至って、突然彼らの間に異様な緊張感が漲り、箒などを毀してゲバ棒を作るなどの行動を始め、にわかに殺気立つような場面もあった。何でも「三田通りを白鞘を持った十数名の者がこちらに向っている」というような、デマが外から伝えられたことによるということであった。逆に、私たちに「何とかしてくれ」と泣きをいれて迫るような一齣すらあった。「私たちを解放すれば、そんな心配はいらない筈だ」と答えたことを思い出す。

このようなこともあった。夕刻になって弁当が彼らの手で私たちに配られたが、「君たちの弁当など食べられるか」と意気がって拒絶した。ところが、後になってそれが学校側の差し入れてくれたものであることを知って、「なぜそのことを教えてくれなかったのか」と苦笑したが、後の祭りであった。

こうした経過をたどって膠着状態がとうとう翌朝まで続いたが、彼らも疲労したのか、進展のないことに諦めたのか、医学部からかけつけた医師の、「ドクター・ストップ」だという働きかけを契機に、有耶無耶のうちに解放された。

二度目の軟禁は、私が塾長代理になった後のことで、常務会で対策を協議している最中に、ゲバ学生たちが押し寄せようとする不穏な気配がある、との情報がもたらされた。その際に、とにかく最高責任者が捕まるようなことがあっては爾後の対応が難しくなるという意見が強く、私は急遽三田の山を離れて中等部に行って対処することになった。

当日雨天であったのを利用し、傘で顔を隠しながら三田通りまで出たのはよかったが、途中で彼らに露見してしまった。その結果、三田山上に戻って大衆団交に応じろとする彼らと、それに抵抗する私との揉み合いとなり、それが数十分続いた。この間にあって、私を庇い懸命になって彼らを阻止しようと頑張ってくれた多くの教職員や塾生の姿は、今でも忘れることはできない。

三田商店街の人たちの協力も思い出す。三田通りで揉み合っている時、たしか越後屋呉服店であったかと思うが、店の中に逃げ込んだ際に、店主を初め何人かが何とかしようと大変努力してくれた。非常な迷惑をかけたわけであり、深く感謝している。

しかしながら、こうした人たちの尽力にもかかわらず、正しく多勢に無勢であり、結果は彼らに従って、三田の山に戻り、会見に応ずる決断をせざるを得なかった。私がこのような決断を下すに至った前提には、一つには、これ以上頑張ってこうした人たちに迷惑をかけることは心苦しい、という気持が働いたことは否めない。二つには、その時の情況からして、警察力に頼ることもできないだろう、と判断したからである。

というのは、ゲバ学生たちと三田通りで渡り合っている時に、たまたまそれを目撃した警官が急いで連絡に走ったのを、私は横目でしかと捉えていた。しかし、何分たっても何の反応もない。車道に出て坐り込んでしまえば交通妨害になり、あるいは警官が出動するかも知れないなどと、ひそかに考えてもみた。学生運動が至るところで猖獗を極めている時のこととて、三田通りで私一人がゲバ学生と揉み合っている程度では、ただちに警官が出動して対応する暇もないかも知れない、というような思いも脳中を過った。

そうしたわけで、私はあきらめて三田山上に戻り、第一校舎の一室で会見に応じることにした。しかし、彼らの要求は依然として学費改訂案の白紙撤回の一点張りであり、塾長代理を引き受けた以上はその権限がある筈だから、その責任においてこの場で白紙撤回を決断せよ、と私に迫った。私の説得には一向に耳を傾けようとはせず、執拗に白紙撤回を要求して止まなかった。私も塾長代理の立場にある以上は、逆に私の譲歩によって塾側の決定を覆すようなことをしてはならない、と固く心に誓っていた。彼らの要求に屈するつもりは微塵もなく、ひたすら私たちの方針や立場を根気よく説得することに終始した。

その結果、この会見も延々と続き、六時間余りにわたって私は再び軟禁状態におかれることとなった。この間、外から私を救出するためにさまざまな働きかけが行われた。その結果、どうしても彼らの要求を飲む気配を見せない私の態度に根負けしたのか、六時間余りで会見は物分れ状態となり、またも解放された。

今にして思えば、われながらあそこまでよく耐え、頑張ったものだと思わないでもない。しかし、私たちが決して安易な妥協を行わず、一貫して立場を堅持したことが、時間を要したかも知れないが、学費値上げをめぐる紛争を円満に解決し得た大きな要因の一つであったと確信している。

機動隊の導入

大学紛争の嵐に見舞われ、全国の大学が混乱に陥っていたあの頃、一つの大きな課題となったのは、警察機動隊を導入し、力によって解決すべきかどうか、ということであった。事実、大学によっては、そうした手法によってゲバ学生の排除を行ったところも少なくはなかった。

慶應義塾も決して例外ではなく、それが絶えず論議の対象となった。米軍資金闘争、大学立法反対闘争、学費値上げ反対闘争と、紛争が生ずるたびに、警察機動隊の導入が問題となった。私たちのところにも、機動隊を導入せよという意見が各方面から寄せられた。学外理事、評議員、三田会の幹部などの中にも、そうした意見を持つ方も少なくなかった。時には、業を煮やして、わざわざ塾監局を訪れ、強い要望を披瀝した方もあった。

そうした方がたの心情には、塾を思う気持が強く感じられただけに、私たちも困惑する場合もしばしばであった。そのような要請に対しても、私たちは、私たちの状況判断と対応策を縷々説明し、機動隊を導入することなく円満に事態を解決するために、今少しの時間を借りることを求めた。

その状況判断と対応策というのは、次のようなものであった。つまり、私たちとていたずらに機動隊の導入を避けているのではない。必要と判断した時に導入することを決して躊躇しているわけでもない。ただ、その当時の情況では、それによってさらに混乱が助長され、かえって紛争解決のために逆効果をもたらすことを恐れていたに過ぎない。今暫く、一般塾生の理解を深めることに全力を傾け、それによって円満な解決をもたらしたい、ということであった。

スト派塾生の主張が広く一般塾生の間に共感を呼び、スト派塾生と一般塾生との間にある種の微妙な連帯感が感じられるような段階では、力をもって対応することが、かえって反感を呼び、事態をより複雑にすることが予想された。そのような状況で機動隊を導入すれば、紛争の解決をさらに遅らせる結果を招くに違いない、と判断せざるを得なかった。

そこで、私たちは私たちの考えに対する一般塾生の理解を深めることに、あらゆる手段に訴えて懸命の努力を傾けたわけである。一般塾生の説得に努め、彼らが自分たちの意志によって学生大会を開催し、自らストライキの解除を決議することを、根気よく期待した。私たちはそうした気運を醸成することを最優先の課題として取り組んだ。

たしかに、ことは単純ではなく、そんなに容易ではない。たとえ間違った発端からにもせよ、一旦その方向に傾いた大勢を引き戻すことはまことに至難の業であり、「狂瀾を既倒に廻らす」ためには長い時間と莫大なエネルギーを要する。それにもかかわらず、敢て苦難の道を選んだわけであるが、幸いにして、塾内外の大変な支援と義塾社中の一丸となった協力とによって、事態は次第に好転して行った。かなり強硬な態度で機動隊の導入を主張していた人たちも、私たちの考えに耳を傾け、やがては君たちに委せるから頑張れと激励されるまでになった。あらためて、義塾社中の気風といったものをしみじみと感じた。

このようにして、紛争の長期化と共に、一般塾生の間のムードが除々に沈静化し、スト解除の気運が高まると共に、大きな問題が生じてきた。それは、ゲバ派塾生が一般塾生たちから遊離し、孤立化の傾向を強めてきたが、それにつれて、彼らの言動が先鋭化し、過激なものとなり、危険性を感ずるようになってきた、ということである。

他大学においては、しばしば激しい暴力沙汰が伝えられ、派閥間のいわゆる内ゲバ騒ぎも珍しくなく、死傷者すら生ずることもあった。慶應義塾にあっては、これまでそうしたことは殆どなく、大した乱闘事件も発生しないで経過してきた。

しかしながら、このような事態となり、末期的な様相を呈する段階に至っては、決して楽観は許されない。人身の殺傷事件や重大な破壊行為は未然に防止しなければならないのは当然のことであり、そうした恐れのある場合には、断呼として対応しなければならない、と私たちはひそかに決意を固めていたのである。

たまたま、そのような情勢の時に、決定的な出来事が発生した。それが、いわゆる「演説館焼き打ち」事件であった。慶應義塾にとってはかけがえのない建物であるばかりではなく、わが国の重要な文化財を、こともあろうにゲバ学生たちが焼き打ちにしようとしている、という情報が伝えられた。

たまたま、この前日、三田西校舎の学生団体のルームでボヤ騒ぎがあり、消防車が出動した。これはゲバ学生たちの故ではなく、またボヤで消防車が馳けつけるのは当然のことである。しかし、時が時であるだけに、三田山上には異様な雰囲気が漂っていた。そうした時に、この情報が伝えられたので、私たちも緊張せざるを得なかった。

ただちに情報の確認に努め、対応を協議した。その結果、重要な文化財を保全することは私たちの重大な責任であり、演説館の焼失は何としても未然に防がなければならない。それを失っては、取り返しのつかないことになる。この大学紛争の推移とは全く別のことであり、ことここに至っては、直ちに機動隊の出動を要請すべきだとの結論に達した。この時は、結果としては紛争解決の一里塚となったかも知れないが、そのためではなく、重要な文化財を保全するために機動隊導入に踏み切ったのである。

要請に応じて機動隊は非常に迅速に行動し、比較的短時間で正門前に、放水車を先頭に部隊が整列し、突入する準備態勢を整え、現場の指揮官となった三田警察署長の命令を待った。当然のことであるが、私も責任上、機動隊の極く近くまで行き、それを見守ることにした。慶應義塾に初めて機動隊を導入するのであり、もちろん私にとっても初めての体験であり、震えるような緊張感に襲われるのも止むを得なかった。

その時に強く印象に残ったのは、ゲバ塾生たちと機動隊員たちの余りにも対照的な態度であった。ゲバ派の塾生は、この段階に至っても、なお構内でゲバ棒を持って隊列を組み、これみよがしにデモ行進を繰り返し、盛んに気勢を挙げていた。まさか本当に突入すまいとあるいは高を括っていたのかも知れないが、それほど差し迫った表情は窺うことができなかった。

これに対して、機動隊員は緊張の極にあり、顔面蒼白で待機していた。いざ突入する際には、拳で交互に両腕を叩き、自らを鼓舞して喊声をあげて行動に移った。考えてみれば、どんな危険が待ち構えているかは判らないわけであり、恐怖感を抱いたとしても決して不思議ではない。相手のゲバ学生たちとは同じ世代の若者であり、いかに職務とはいえ、このように対決しなければならない機動隊員たちは、極めて複雑な思いを抱いていたに違いない。その心情を思いやる時、誠にやるせない感慨に襲われざるを得なかった。

もう一つ、この時に考えさせられたことがある。それは、一度機動隊が突入するや、あれほど威勢のよかったゲバ学生たちは、何らの抵抗もせず、まことにあっけなく文字通り蜘蛛の子を散らすように四散し、逃走してしまったことである。その無気力さ、だらしの無さにはあっけにとられ、むしろ物足りなささえ感じないわけではなかった。とはいえ、この騒ぎが双方に全く死傷者を出すことなく終ったことには、ほっとし胸を撫でおろした。

ただ、一部のゲバ学生が、塀を乗り越えて隣接のイタリア大使館に逃げ込んだのには、いささか困惑した。というのは、治外法権を持つ外国公館のことであるから、あるいは厄介な国際問題に発展することを恐れたのである。幸いにして、イタリア大使館側の配慮によって、大使館床下に潜んでいた全員が逮捕されたものの、大事には至らずに解決をみた。

さて、この時には警察機動隊が非常に迅速に出動してくれたといったが、それは決して簡単なことではないのである。火事が起れば、直ちに消防車が出動するというような具合には行かない。一般に考えられているように単純なものではなく、それなりの手順があり、手続きを踏んで出動を要請しなければならないわけである。

緊急な事態が予想される場合には、あらかじめ、まず出動準備要請を行っておく。次いで情勢の推移を見て、出動待機要請を行う。いよいよ最終的な段階に至って、出動要請を行うのである。面倒で複雑な手続きと思われるかも知れないが、出動する機動隊の側に立てば、至極もっともなことであろう。彼らとて手ぶらで出動するわけではなく、それなりの準備が必要である。状況によって出動する部隊の規模も違えば、指揮命令の系統も異なる。また、戦闘の装備の程度もさまざまであり、したがって準備に要する時間も一様ではない。このようなことを考慮に容れれば、いろいろな要請の段階を要することも理解できるし、要請する側でもそれを配慮すべきは当然のことなのである。

慶應義塾において、現実に機動隊の出動を要請したのは、後にも先にも、この時一度だけである。しかしながら、主として日吉キャンパスであるが、出動準備要請を行ったことはしばしばであり、出動待機要請などを行ったこともあった。

学費値上げ反対闘争で日吉キャンパスがバリケードで封鎖され、ゲバ派の塾生たちによって占拠されていた際、塾当局側は私たち常任理事も先頭に立って、連日のように早朝から教職員によるバリケードの撤去を繰り返した。この際も、危険を感ずる時には、殆ど連日の如く、神奈川県警に機動隊の出動準備要請や出動待機要請を行った。しかし、遂に一度も出動要請を行うことはなかったのである。

日吉キャンパスに隣接して神奈川県警察学校があった故で、そこに集結して待機している機動隊の姿は望見できた。戦闘装備に身を固めて、腕を撫しながら連日のように待機を強いられている隊員たちを思いやると、いささか心苦しい思いがしないでもなかった。彼らの複雑な心情を察するに余りあるものがあったが、それでも私たちは遂に出動要請することはなかった。

たまたま、神奈川県警本部長に会った際にも、こうした私たちの態度に不満をぶちまけられたこともあった。毎回のように待機要請の段階で終ってしまうのは、まるで蛇の生殺しのようなものので、率直にいって機動隊員の士気に影響するので、十分に配慮して貰いたいというわけである。こうなったら一度は出動させろ、さもないと収まらない、ということを暗に示していた。

また、ゲバ学生のキャンパス占拠に対抗して、日吉キャンパスを有刺鉄線などで取り囲み、ガードすることも求められた。大学によっては、現実に忍び返しのついた塀などで囲い込んだところもある、と聞いた。

これについても、私たちは、「それはいやしくも大学の姿ではない。『立入禁止』の木札をぶら下げたタイガーロープ一本で対抗する。たとえ物理的には無力であっても、それが大学がキャンパスを守ろうとする姿勢の表明であり、その象徴である」という立場は崩さなかった。あの広いキャンパスを有刺鉄線で囲むには大変な経費を必要とするし、慶應義塾にはそれを負担するような余裕は到底なかった、というのも偽らざるところであった。とはいえ、有刺鉄線で取り巻かれたような大学の姿は見たくないし、慶應義塾はそうであってはならないといった信念が私たちを支えていたことは事実である。

寄付行為改訂の動き

学費改訂を巡る紛争の最中にあって、もう一つの大きな問題が私を悩ませた。それは、慶應義塾の寄付行為を改訂し、強力な執行部を作ることによって速かに紛争解決を図るべきだ、という要望であった。

打ち続く慶應義塾の紛争とその解決の長期化に対して、塾員や評議員の間に不満といらだちが募っていたことは事実である。また、紛争の長期化の要因の一つが、塾に強力な執行体制が欠けていることだという発想が、一部の人たちの間に強まっていたことも想像に難くない。そうした考え方の反映が、塾長、理事長を分離し、理事長を中心とする強力な執行部を整えるように、慶應義塾の寄付行為を改訂すべきだという主張であった。

既存の寄付行為によれば、塾長は慶應義塾の社中全体の長である塾長であり、同時に学事の中心である大学の学長であり、経営の中核である理事会の長、すなわち理事長である。いわば、三位一体の最高責任者である。ちなみに、義塾にあっては、評議員会は最高議決機関であり、他の私学に見られるような単なる諮問機関ではない。したがって、塾長といえども評議員会の意向に従わなければならない立場にある。

いずれにせよ、塾長の立場は容易ならざるものであり、その責任は頗る重大である。私も塾長代理に就任して、しみじみそのことを感じた。全く予期しなかったわけではないが、引き受けてみてあらためて驚き、果してその重圧に耐えられるかどうか、大きな不安におそわれた。塾長は三位一体の立場にあるといったが、それだけに任務は多岐にわたり、日常業務も極めて多様である。当面の緊急課題が大学紛争の解決であるとしても、仕事はそれだけに止まらなかった。

塾長代理に就任して間もなく、時の評議員会議長の宇佐美洵さんの事務所で、牧野亀治郎さんら二、三の塾外理事と会った際に、この件についての要望がいろいろと述べられた。もちろん、即答できるような問題ではないので、意見を聞き、検討を約束して持ち帰った。私自身そうした意見には納得できず、内心大変な難題に直面して困惑を覚えた。

早速、常務会などを開いて協議した。大勢は反対の立場であったが、細部にわたっては多様な意見があった。問題が問題であるだけに、そう簡単に結論を得るには至らなかったが、結局は反対の立場を貫く決心を固めた。

その最大の理由は、それが却って義塾社中の統一を損う恐れがあるということであった。下手に塾長と理事長を分離することによって、他大学にしばしば見られるように、塾長派と理事長派が対立し、派閥抗争が生ずるような事態を恐れたのである。

大学紛争の最中にあって私たちの苦慮したことの一つは、いかにして塾内の統一を持続するかということであった。たとえば、教授会の自治的な意向が尊重されねばならないのであるが、さまざまな事態に対する認識や対応は、学部によって常に一致するとは限らない。それだけに、六学部の意見をまとめ上げることはそれほど容易ではなかった。また、教授会の意向が大きく左右する教員と、職制上直接塾長の指揮下にある職員との間には、微妙な意識の相違があり、時に反目のあることも否定できない。

かてて加えて、評議員会、理事会の意向を充分に忖度しなければならないことはいうまでもない。このような状況の下にあって、塾内を統一し、最終的な決定を下さなければならないのが、最高責任者である塾長である。それは極めて厳しく、辛い立場である。

塾長代理となってそのことを痛感している私には、塾長と理事長を分離することは、事態を複雑にし、決して解決を促進するものではない、という思いが強かった。そこで、常務会において論議を重ねると共に、歴代の塾長を歴訪し、その意見を求めることにした。

この間、何度か宇佐美事務所に赴き、経過を説明したが、容易に譲る姿勢を示さない私たちに先輩たちの態度は次第に厳しさを増した。ついには、某社の顧問弁護士に立案させた寄付行為の改訂案を提示し、その実現に着手することを迫られる、という事態にまで立ち至った。いわば最後通牒を突きつけられたようなもので、私も決意を固めざるを得なかった。

歴代塾長たちの意見も悉く反対であり、とくに高橋誠一郎先生の意見は厳しかった。私の話を聞いて先生は即座に、「そういう意見は塾の歴史上しばしば出ることで、鎌田塾長の時代から何かあるごとに持ち出された考え方です。結局はいつも実現には至らなかった。それは、やはりそれによって塾内の分裂を招く恐れがある、という反対意見が強かったからです。そうした策はとるべきではないし、塾の歴史からしても相応しくない。決してそのような意向に屈してはなりません」といった見解を示され、大いに激励された。

このような意見を踏えて、反対である旨の常務会決定を行い、私は宇佐美事務所を訪れて、あらためて塾長、理事長分離案を受け容れられないと決断したことを申し入れた。そうして、この案が受け容れられない理由や事がここに至った経過などについて縷々説明し、理解を得べく懸命にかつ率直に心境を披瀝した。その頃に至って、学費値上げ反対闘争も漸く沈静化し、遠からず円満な解決の見通しがほぼ立ってきたので、そのことをも付言して、すべてを私に委せて欲しいと懇請した。

その結果、以後多少の曲折はあったものの私の意見を容れ、今回の寄付行為の改訂の要望は撤回されることとなった。宇佐美さんや牧野さんが最後に「もう一度、君に委せるから、全力を尽して紛争の円満な解決に当って貰いたい」といわれた時には、一瞬何か虚脱感におそわれたことを記憶している。大変な事態を乗り切れたという反面、呆然としたことも否定できない。

同時に、事情が納得できれば潔く私たちの見解を受け容れ、決して自説を固執しなかった宇佐美さん、牧野さんを初めとする先輩たちの態度には、あらためて敬意を表さずにはいられなかった。意見は意見として表明し、忠告は忠告として率直に述べるとしても、決していわゆるごり押しはせず、理解できれば直ちに撤回するという、温かい気持を身に滲みて感じたことであった。このことは、学費改訂を巡る紛争の陰に生れたいわば一つの秘話であるが、慶應義塾社中の気風の一端を物語るものであろう。

父の死

大学紛争の最中にあって、私にとって本当に困惑せざるを得ない事態が発生した。それは、学費値上げ反対闘争が末期の最も重要な段階にさしかかり、私が最も多忙を極めていた、昭和四十八年二月十一日に父が急死したことである。

もっとも、父は前年の五月に、慶應病院で直腸癌の手術を受けたが、その際にすでに手遅れで余命は二年半ほどであることを告知されていた。したがって、父の死はある程度予期していないわけではなかったが、こんなに早いとは思わなかった。しかも、塾長代理として紛争処理の先頭に立って大童になっている時であり、殆ど他のことに力を割く余裕のない時であっただけに、何とも閉口してしまった。

私は長男であり、昔流にいえば家督相続者であり、こうした際には、すべてを取り仕切らなければならない立場にあった。当時、父は遠く離れた丹波に居住しており、とにかく代々引き続いた旧家であったがために、すべてが簡単ではなかった。本来ならば、直ちに帰郷して処理しなければならなかったわけであるが、当時の状況ではそれは許されなかった。

そこで、成城に住んでいる弟にすべてを委かせ、すぐに帰郷して私に代って対処するように依頼した。ただその際に、恐らくはいろいろと揉めることが予想されたので、密葬と本葬とを分けることとし、本葬はやがて私の軀が空くのを待ってあらためて執り行うようにする、ということだけを指示しておいた。

ところが、まだまだ旧いしきたりや慣習の残っている田舎のこととて、そう簡単には行かない。葬儀の執行についても、葬儀委員会、地元の集落にある旧来の葬儀の組織、親戚、それに葬儀社などの意見、昔からの慣例などが入り組み、まさしく船頭多くして舟山に登るといったところで、なかなかまとまらない。

本葬と密葬に分けることにすら異論の出るような始末で、最後は、何かにつけ長男である私が決裁しなければならなかった。弟も全く閉口の体で、ことが紛糾するごとに、「それは兄貴の訓令を求めよう」ということで、連日連夜のように電話をかけてくる。すったもんだの揚句に漸く葬儀の日程、手順などが決った時には、さすがにほっとした。

天の恵みか、たまたま父の密葬の当日、不思議に私に時間的な余裕が得られた。常任理事の諸君の了解と激励とを受けて、急拠とんぼ帰りで帰郷することができた。父の亡骸をかろうじて火葬場まで送り、骨揚げも待たずにその足で舞い戻った。しかし、到底かなわないと覚悟していただけに、父の死顔に別れを告げることができたのは、せめてもの幸せであった。

それ以上に、この事態を通じて、慶應義塾で過し、多くの人たちに見守られていることの有難さを痛感した。人間だれしも苦境に立って人の情が身に滲みるといわれるが、私もこの時ほどそれを感じたことはない。同僚の常任理事諸君は、絶えず私を激励すると共に、私の負担を軽減するために大変な努力をしてくれた。多くの先輩、友人、あるいは後輩たちから寄せられた、心温まる弔慰と激励とには、感謝の言葉もなかった。

中でも感激したのは、宇佐美評議員会議長や牧野理事などの厚情であった。牧野さんは、父の死を聞き、自らわざわざ馳けつけて、「親父さんが亡くなったそうだが、気を落さずに頑張ってくれ。塾にとっても、今が一番大切な時だから、頼む」といった過分の激励の言葉を賜った。宇佐美さんも、早速秘書に託して、心温まる弔慰を寄せられた。ある意味では、紛争の処理を巡って、私に最も厳しい態度で臨んでおられた方々であっただけに、私はひとしお深い感動を覚えたのである。

こうしたことは、私を大いに勇気づけ、難局に立ち向う気力を奮い立たせてくれた。私のこれまでの姿勢や行動が、それなりに評価されていると受け止めることができて、正しく勇気百倍というところであった。まがりなりにも学費値上げ反対の紛争を解決することができ、何とか塾長代理の重責を果し得た陰には、義塾社中の協力、こうした多くの人たちの大きな力があったことを忘れることはできない。

ふと考えてみると、こうした先輩たちの殆どがすでに鬼籍に入っている。佐藤塾長ら当時の常任理事もすべてこの世を去り、私一人が残っている。こうした現実をみる時、あらためて歳月の過ぎる速さを痛感する。と同時に私が慶應義塾と歩んだ半世紀がしみじみと思い起されるのである。

あとがき

私は今日に至る半世紀余の慶應義塾での生活を顧みて、思いつくままに思い出の一端を綴って来た。読み返してみると、あらためてさまざまな感慨が湧いて来る。これは書かずもがなではなかったのではないか、この点はどうも舌足らずではないのか、というような思いにしばしばかられる。また、こんなことも書き留めておけばよかった、あのことを忘れていた、といった物足りなさを覚えざるを得ない。

そんなことはいずれ稿をあらためて書くことにしたいとか、他の機会を得てやがて補いたいなどと、いささか思わせぶりな言葉を吐くものであるかも知れない。しかしながら、この二月をもってすでに齢八十四歳に達してしまった私には、到底そのような威勢のいいことをいう心境にはない。たとえ多少の気力は残っているとしても、それがいたずらに空回りするに違いないと思われるのである。

ここに書き留めてきたことには、もとより一貫した考えとか筋道のようなものは存在しない。

しかしながら、人の書くものには、その人の人間性がそこはかとなく現れるし、その人の物の考え方のはしばしが伺われる、といわれる。そのような意味では、ここに雑然と書き留めてきたことから、私という人間の一端を、私の物の考え方を多少とも汲み取っていただけるとするならば、それもまた私にとっては誠に大きな幸いである。

大きな幸いといえば、すでに折に触れて言及して来たことではあるが、半世紀余にわたる慶應義塾での生活において、私は実に多くの人たちに援けられ、支えられて来た。顧みて、これに勝る幸いはないのであって、重ねて深く感謝する。

さて、本書の刊行についても、多くの人たちから温かい激励を受けた。とくに私のゼミナールの卒業生（慶生会）、新聞研究所（現、メディア・コミュニケーション研究所）の修了生（綱町三田会）の多くの諸君が力強く支援してくれた。ここに一人一人名前を挙げて謝意を表する余裕がないのが残念であるが、衷心から御礼を申し述べたい。

本書の原稿の整理を、孫の木﨑星史が、卒業論文作製の多忙な合間をぬって手伝ってくれたことにも、感謝したい。また、本書の出版は慶應義塾大学出版会の田谷良一氏と野田桜子氏の尽力に負うところが大である。最後になったが、深甚な謝意を表する次第である。

平成十九年二月一日

生田正輝

生田　正輝（いくた　まさき）

慶應義塾大学名誉教授、放送倫理・番組向上機構評議員会議長。法学博士。1923（大正12）年、兵庫県生まれ。1947（昭和22）年、慶應義塾大学法学部政治学科を卒業。1957年、慶應義塾大学法学部教授（マス・コミュニケーション論、情報社会論）。慶應義塾常任理事、同塾長代理、法学部長、新聞研究所（現、メディア・コム）所長、常磐大学人間科学部長、日本新聞学会会長、情報通信学会会長、郵政省電波監理審議会会長、（財）日本ユニフォームセンター会長等を歴任。
著書に『マス・コミュニケーションの諸問題』『マス・コミュニケーションの研究』『コミュニケーション論』『新聞報道のあり方』（いずれも慶應通信）、『新聞を斬る』（サンケイ出版）、『放送研究入門』（共著・日本放送出版協会）等多数。

回想五十年　慶應義塾と私

2007年4月10日　初版第1刷発行

著　者――――生田正輝
発行者――――坂上　弘
発行所――――慶應義塾大学出版会株式会社
〒108-8346　東京都港区三田 2-19-30
TEL〔編集部〕03-3451-0931
〔営業部〕03-3451-3584〈ご注文〉
〔　〃　〕03-3451-6926
FAX〔営業部〕03-3451-3122
振替　00190-8-155497
http://www.keio-up.co.jp/
装丁――――巖谷純介
印刷・製本――中央精版印刷株式会社
カバー印刷――株式会社太平印刷社

Printed in Japan　ISBN 978-4-7664-1346-5